Je suis mort.
Et alors ?…

PHILIPPE

BOUVARD

Je suis mort.
Et alors ?...

RÉCIT

J'AI LU

À Jean Dutourd,
inventeur du véritable
roman posthume
écrit de son vivant
Ph. B.

Avertissement

Macabre ? Oui. Morbide ? Non. Je relativise. J'exorcise. Je dédramatise. Je banalise.

Je sacrifie à l'anticipation sans sombrer dans la fiction. Si je suis vivant à la parution de ce livre, j'aurai pu dire sous le couvert du tombeau ce que je taisais jusque-là. Si j'ai disparu, j'aurai prouvé mon souci de la vérité et ma familiarité avec les meilleures sources.

Ph. B.

Où, par la force des choses, je me comporte comme un débutant

Je suis mort hier. C'est mon premier jour d'éternité. Il ne peut plus rien m'arriver. Hormis un tsunami qui submergerait la butte Montmartre. Tout ce qu'on sait de la première nuit, c'est qu'elle ne finira jamais. Il faudrait un séisme pour sortir de ce trou noir. Mais je ne m'en suis avisé qu'aujourd'hui, n'ayant pas compris dans le désordre qui suivit mon dernier soupir que, cette fois, je ne m'en tirerai pas comme lors des précédentes alertes. Trop d'hommes sont morts avant moi pour que la mort soit inhumaine. Je ne vais donc pas en faire un plat. Seulement un livre. Une œuvre authentiquement posthume se présentant sous la forme d'un journal couvrant ma première année d'éternité. Ensuite, je verrai si l'existence d'un défunt n'est pas trop routinière.

Pour l'heure, je suis tout au plaisir de la découverte à la faveur d'un bouleversement autrement important que ceux qui m'ont vu changer de continent, de métier ou de femme. J'y pensais depuis longtemps sans m'en être ouvert à personne. J'imaginais la surprise de mes proches lorsqu'en tête de mes dernières volontés, le notaire énumérerait l'installation d'un dictaphone dans le cercueil, d'un périscope sur la pierre tombale et l'obligation dans un an, jour pour jour, de récupérer la bande sonore et de la faire parvenir à un éditeur ami.

Ainsi poursuivrai-je dans l'au-delà ce qui fut ma double activité ici-bas : voir et raconter. Les droits d'auteur serviront à l'entretien de ma tombe dont je pressens qu'il sera vite négligé après les premiers chrysanthèmes.

⁂

Le bilan de mon nouvel état n'est pas fameux. Je n'avais qu'une vie et je l'ai perdue. En même temps que tous les conforts qui, m'aidant à la supporter, m'avaient permis de me construire un petit paradis terrestre en attendant celui, plus hypothétique compte tenu de l'absence de témoignage (mais je vais y mettre bon ordre), sur une mutation présentée à travers le Carnet du Jour du *Figaro* comme « le retour à Dieu » ou « le repos dans la paix du Seigneur ».

En quelques instants, on passe d'un trois cents mètres carrés résidentiel et sans vis-à-vis aux deux mètres carrés réglementaires d'une sépulture dont les voisins se comptent par milliers. Une dépossession totale organisée dans les plus brefs délais en vertu d'un postulat imaginé par les survivants et selon lequel les morts n'ont plus besoin de rien (Qui le leur a dit ?).

Le testament qui prévoirait l'inhumation d'un richard avec fortune et pierres précieuses serait déclaré nul par la justice comme ayant été rédigé ou dicté par quelqu'un qui n'était plus sain d'esprit ainsi que l'exige la loi. Moyennant quoi, la razzia commence déjà alors qu'on attend le menuisier entre les deux candélabres, préfigurant chichement les colonnes du Temple de l'Éternité.

Or, l'héritage fausse le chagrin : lorsque adolescent, j'avais perdu mon grand-père, mes parents m'avaient offert sans tarder ses boutons de manchette en or du plus bel effet. Ce qui fait que, durant l'enterrement, au lieu de me concentrer sur le souvenir d'un disparu que j'aimais bien, je n'avais pas quitté du regard mes nouveaux bijoux, joignant de temps à autre les mains pour prier, en réalité pour que tout le monde constate le raffinement de ma mise.

⁂

Les derniers instants de l'existence, occultés par les bonnes paroles des proches (« Sais-tu que tu as meilleure mine ? »), les ressources de l'industrie pharmaceutique et le fameux « mieux de la fin », sont finalement moins traumatisants que les premiers moments qui les suivent.

Notamment à cause du concert de banalités auquel, durant des décennies, j'ai moi aussi participé en semblables circonstances : « Il n'a pas souffert » (Qu'est-ce qu'ils en savent ?) ; « C'est préférable pour lui » (Et pour ceux qui vont palper la monnaie) ; « Il va nous manquer » (Pas à la table autour de laquelle, tout de suite après la cérémonie, on s'est empiffré à ma mémoire alors que mon couvert avait été retiré).

Quand j'étais encore allongé, immobile sur mon lit, ils étaient tous venus m'embrasser. Certains indifférents, d'autres impressionnés par ma froideur. Ma veuve faisait les honneurs, parlant à voix basse et marchant sur la pointe des pieds alors qu'elle n'avait jamais respecté un sommeil survenant à des heures différentes de son propre endormissement. Et rebelote pour la litanie des bêtises macabres : « Il a rajeuni de dix ans » (ça me fait une belle jambe) ; « Il ne s'est pas vu partir » (Et le miroir de l'armoire à glace ?). Le visage le plus consterné était celui de notre vieille bonne, angoissée à l'idée de perdre son emploi !

Après quoi, je suis allé en boîte, comme dans ma jeunesse. Et j'ai fait la fermeture. Le début du grand saut : tous les visages familiers disparaissent. On visse les écrous pour être certain que je ne sortirai pas.

⁂

Les ennuis ont commencé dans l'escalier tortueux qui menait à ma chambre. Le cercueil refusait de prendre le virage. J'aurais apprécié qu'on en profite pour faire une petite escale dans mon bureau, mais non, tout le monde était pressé d'en finir. Après quelques essais infructueux qui m'ont cahoté, les pompes funèbres m'ont descendu par la cage d'escalier, me faisant faire à la verticale mes débuts de gisant. Ma veuve a cru bon de remarquer : « Il avait toujours refusé la dépense d'un ascenseur. » Elle n'a pas ajouté : « Bien fait pour lui », mais je suis persuadé qu'elle le pensait.

Moi, je n'étais pas mécontent de retrouver fugitivement la position debout. J'avais assez fière allure avec le plus neuf de mes complets, ma chemise blanche et ma cravate noire comme si je portais mon propre deuil. D'autant que l'amaigrissement des ultimes mois m'avait redonné ma sveltesse. Mais voilà, dans la hâte d'occulter la réalité de ce qui nous attend tous, on avait privé les amis, arrivés trop tard, du joyeux et réconfortant spectacle d'un *de cujus* frais comme un gardon, tiré à quatre épingles, toiletté définitivement et auréolé d'une barbe naissante, confirmant que le poil est plus robuste que l'homme. Bref, d'un mort, à l'image des samouraïs que l'on maquille avant qu'ils aillent à leur dernier combat, c'est-à-dire plus présentable qu'il ne l'avait été depuis longtemps.

Où je suis reçu solennellement à l'Examen du Grand Passage

Pour qu'un enterrement soit réputé réussi, il doit satisfaire d'abord à deux impératifs contradictoires : l'affluence et la désolation. Or, la première s'oppose à la seconde pour la simple raison que plus de vivants se retrouvent et moins ils pensent au mort.

Au bout de quelques minutes de feint recueillement, le pépiement général a gommé mes premiers silences. Ils étaient tous là : les plus proches que le rituel contraint à méditer sur leur propre disparition ; les amis qui se préoccupent davantage de leurs prochaines vacances que de mon congé définitif ; les curieux anonymes qui sont venus comme à un cocktail dans l'espoir de voir des gens plus connus qu'eux ; les peoples, célèbres ou qui croient l'être, et qui prennent leur présence moins comme un acte de sympathie que comme l'interprétation à la ville du rôle du peiné de service.

On les reconnaît aux lunettes de soleil dont ils ornent paradoxalement leur appendice nasal à chaque approche des ombres du néant. Privés du regard à l'aide duquel ils ont extériorisé leur talent, ils se replient sur les ressources de la gestuelle funèbre, telle qu'on la leur enseignait dans leur conservatoire de province : épaules voûtées ; traits creusés par aspiration des joues ; marche à petits pas. Leur métier leur a appris à exprimer par le corps les sentiments qu'ils n'éprouvent pas ou à les exagérer. Privés de leurs dialoguistes habituels, ils renouent avec la grande tradition du cinéma muet.

Je n'oublie pas les frimeurs, accourus au bras de leur dernière blonde, et qui cherchent moins à montrer leur chagrin que leur voiture.

La famille, elle, la joue modeste bien que l'entreprise des pompes funèbres lui ait offert (si l'on peut dire) un chauffeur et une limousine longue comme l'éternité.

Dans le brouhaha qui prélude à ma descente – cette fois horizontale –, je distingue les condoléances qui, par définition, me concernent et les autres propos devenus pour moi sans intérêt : les nouvelles des uns et des autres, les collages, les mariages, les divorces et même les naissances, évocations incongrues en ce lieu où tout s'achève.

⁂

On identifie les pros des funérailles à leur panoplie vestimentaire : chapeau, pardessus et gants noirs. Ils tranchent sur les amateurs, dépourvus de garde-robe adaptée et qui débarquent comme s'ils venaient de la plage. Mon cher Jean-Claude Brialy, voisin de cimetière, était de ces fidèles qui, ayant réussi leur vie, ne rataient pas une mort. On l'avait surnommé la Mère-Lachaise et prétendu qu'il s'était fait confectionner aux mesures de sa main un goupillon d'argent qu'il sortait de sa poche au moment de l'absoute. Mais Jean-Claude avait du cœur, beaucoup de cœur. Il pleurait vraiment les amis et, dans la foulée, tous les autres. En fait, il pleurait sur lui-même comme le séculaire rituel des obsèques nous invite à le faire en nous détournant momentanément des illusions de la vie.

La nature de la cérémonie – entre désespoir et mondanités – dépend donc du nombre des assistants. Si un premier cercle réduit garantit silence et méditation, la présence d'invités trop nombreux entraîne une dilution de la solennité. À partir de cinquante personnes, la joie de se retrouver entre vivants occulte le chagrin de devoir enterrer un mort. Combien de fois suis-je moi-même revenu d'une inhumation à laquelle j'assistais en service commandé avec une moisson d'histoires drôles. Combien de fois suis-je sorti du cimetière heureux de continuer à exister. Pourtant un enterrement fatigue tout le monde, sauf le héros involontaire de la cérémonie. D'abord, il faut faire le pied de grue en attendant l'arrivée souvent tardive du convoi (« Pourvu qu'il ne lui soit rien arrivé » commente le rigolo-qui-ne-désarme-jamais). Ensuite, il faut marcher, parfois longtemps, la traction automobile étant réservée à un macchabée qui ne s'était jamais déplacé à bord d'une limousine aussi somptueuse. L'allure générale se ressent du fait que les personnes du troisième et du quatrième âges, placées en tête du cortège, marchent lentement comme si elles en profitaient pour marauder entre les tombes. On arrive enfin devant ce qu'il faut bien appeler « le trou », toujours fraîchement creusé même si le nouvel occupant agonisait depuis plusieurs années.

⁂

Autant ma bénédiction religieuse a été rapide, réduite à sa plus simple expression par un desservant qui n'ignorait pas l'agnosticisme d'un mécréant qu'il ne voyait jamais à la messe, autant se prolonge la parade civile interprétée par des épargnés provisoires qui prennent un air supérieur alors qu'ils n'y échapperont pas et, pour beaucoup, plus tôt qu'ils ne pensent.

Le convoi s'immobilise enfin. L'ordonnateur vêtu et ganté de noir dirige la manœuvre avec la gravité affligée que la société de consommation manifeste à chaque disparition d'un pouvoir d'achat. Plutôt bel homme (on a dû l'engager parce qu'il « présentait bien »), il est incontestablement celui dont la mise et la mine correspondent le plus à la circonstance. Que fera-t-il ensuite ? Enfilera-t-il un jean et un polo pour aller courir la gueuse et ripailler avec des copains ? On a du mal à croire qu'en dehors du boulot, il continue à être aussi sinistre. En tout cas, c'est un préposé qui connaît à la fois les usages, les familles et un petit personnel moins classieux mais digne et courageux puisque le plus maigre client est toujours harassant à soulever.

On décharge les gerbes et les couronnes. En nombre correct et avec des suscriptions émouvantes si j'excepte « l'atachement » auquel il manque un *t*. Mais, là aussi, c'est l'intention qui compte. C'est joli les fleurs, mais si elles font vivre les fleuristes elles survivent peu aux morts faute d'avoir profité de la terre qui leur échoit.

Enfin, on m'extirpe du fourgon. Un temps, j'avais eu l'impression qu'ils allaient m'oublier. De la margelle, je considère une dernière fois le monde des vivants.

L'ordonnateur s'apprête à donner le signal de la descente quand Max fait un geste et sort de sa poche un papier, signifiant qu'il entend prendre la parole. Ce n'était pas au programme. Pour être franc, je connais à peine Max. Je l'ai reçu deux fois chez moi pour jouer aux cartes voilà dix ans. Une rencontre sans amitié et sans lendemain. Il se nomme en réalité Gaston mais au poker il annonce toujours son jeu en le quantifiant de « max », d'où son surnom. Max a de la mémoire puisqu'il a tenu à honorer la mienne. La famille qui ne le connaît pas cherche vainement à le situer. Représente-t-il le ministre de la Culture retenu par une séance de questions orales à l'Assemblée nationale ? Ou l'un de mes nombreux employeurs, pas fâché de pouvoir réduire un peu ses effectifs ?

Quelques cousins au troisième degré toussotent d'un air gêné. Ils n'avaient pas prévu qu'ils s'éterniseraient au seuil de mon éternité ni qu'ils liraient, gravée en lettres d'or sur le marbre, la formule modeste et lucide que j'ai imposée au marbrier : « Il y est passé comme les autres ».

Max s'éclaircit la voix. Il regarde l'assistance, lorgne les jambes gainées de noir d'une petite blonde dont le visage m'est moins familier que les rondeurs, et se lance en usant d'un vocatif qu'eu égard à nos relations très épisodiques, je juge un peu familier : « Mon cher Philippe ».

Ah ! cette manie de s'adresser à des défunts qui ne peuvent plus répondre, de tirer à soi le suaire et – circonstance aggravante – d'alterner les contre-vérités dont on aurait pu se passer et les vérités qu'il eût mieux valu taire.

Et voilà Max parti à la recherche d'un passé – le mien – qu'il a glané dans une « nécro » troussée à la diable par le stagiaire de la rédaction d'un quotidien. Il mélange les enfants et les livres, les petits-enfants et les émissions. À l'entendre, mon passage sur terre se résume à quelques gaudrioles. Il oublie de préciser que je ne savais pas nager, pas faire la cuisine, pas jouer du piano, pas parler une langue étrangère. Max termine en baissant enfin les yeux dans ma direction, alors qu'en réalité il tente toujours de s'immiscer entre les jambes gainées de noir de la petite blonde, par une conclusion se voulant digne de l'exorde : « Tu nous manqueras ! ».

J'ai failli pouffer. D'abord parce qu'il me tutoyait pour la première fois, ensuite parce que j'ai souvent entendu la formule tomber des lèvres de ceux qui, en même temps qu'ils déclaraient que le regretté était irremplaçable, faisaient des pieds et des mains pour s'asseoir dans son fauteuil.

Max remise son papier, s'essuie le front et reçoit modestement les félicitations de ma veuve que l'inanité de ses propos incite de plus en plus à prendre pour un officiel.

⁂

On m'entoure de chaînes. Vu le montant de la douloureuse, on aurait pu raffiner davantage et éviter, en la graissant, le grincement de la poulie. Mais non. C'est l'habitude. Les bonnes manières cessent au bord du trou.

Apparemment, je suis lourd. Le cercueil brinquebale contre la pierre avant de s'affaler. À peine suis-je arrivé que je touche le fond car le caveau est neuf. J'en suis le premier occupant. J'inaugure. Quatre places seront encore disponibles. Ainsi que dans ma dernière voiture. Les places du mort comme disaient les assureurs.

La famille, les amis et les autres défilent, m'envoyant en guise d'adieu de petites pelletées de terre qui font ricaner le fossoyeur habitué à plus d'efficacité. Certains se signent, d'autres paraphent seulement le registre des condoléances, remis demain à la famille en échange de la somme convenue.

Puis, de la même façon qu'un régiment manœuvre dans la cour d'une caserne, la troupe virevolte, claque des talons et s'en va dans le sens opposé. Ma veuve exprime sa gratitude à la cantonade : « Merci de l'avoir accompagné. »

En fait, ils m'ont abandonné. Voilà cinq minutes, c'était encore l'affluence et maintenant, je me retrouve seul, tout seul, comme un con.

Où je m'avise qu'un cadavre entend encore plus de bêtises qu'un tableau de musée

Je suis mort – décédé selon la litote administrative – en excellente santé après un check-up qui avait suscité de la part de mon médecin référent ce diagnostic aussi erroné qu'optimiste :

— Vous nous enterrerez tous !

Profitant sans le savoir de mes derniers instants, l'homme de l'art avait énuméré tous mes atouts de longue vie : bon cholestérol, vitesse de sédimentation attestée par radar, production de magnésium suffisante pour faire des photos de nuit, PSA toujours inconnu au bataillon. À quoi s'ajoutait le fait que je travaillais à quatre-vingts ans comme un malade parce que je ne l'avais jamais été, un CV sanitaire assez rare dans les archives de la Sécu avec une unique hospitalisation de deux jours remontant à sept décennies, aucun arrêt de travail et des médicaments dits de confort peu ou pas remboursés. Chaque année supplémentaire constituait une petite victoire sur le néant mais aussi sur les contemporains qui l'avaient déjà rejoint.

⁂

Bien que ne modifiant pas l'issue fatale, la grande forme d'un mortel dont personne ne sait qu'il va mourir présente de nombreux avantages.

– Le futur défunt ne bassine personne avec ses maux et ses angoisses.

– S'il s'obstine à travailler, il cotise à sa caisse de retraite jusqu'au dernier jour et à perte.

– L'absence d'agonie réduit les frais de blanchissage.

– Le dernier souvenir laissé par le disparu s'identifie à jamais à l'ultime crème au chocolat dégustée avec sa gourmandise habituelle.

– Les héritiers qui n'ont pas que ça à faire évitent la longue attente autour du lit de souffrances.

⁂

L'éloge funèbre, confié d'abord aux voisins de l'immeuble, s'était d'ailleurs largement inspiré du caractère fortuit de mon trépas :

— Qui l'eût cru ?

— On est vraiment peu de chose.

— Au moins, il n'a pas lambiné comme ma belle-mère qui nous a baladés pendant six mois.

Les Justes qui sont un peu justes recourent volontiers à une formule en apparence anodine mais qui est aussi la plus injuste vu que je ne me suis pas suicidé :

— Il nous a quittés.

⁂

Comme si le *de cujus* avait fui notre vallée de larmes, comme si c'était un lâche qui avait abandonné ses enfants, pas toujours élevés ou au bord de la préretraite, comme si le conjoint infortuné se trouvait condamné à ramer dur pour payer les traites d'une maison achetée imprudemment grâce à un crédit de trente ans et sachant qu'un toit vous met à l'abri de la pluie mais pas des coups de froid ni des virus ni des accidents de la circulation.

Il y a également du bon à ne plus être de ce monde. Je n'ai plus à me laver les dents. Je ne cherche plus de place de stationnement. Mon parking est réservé et payé pour l'éternité. La constipation a cessé d'être mon souci. Je ne suis plus obligé de tenir des conversations ineptes pour créer ou maintenir le lien social. Je n'ai plus à plaire à personne. Je n'ai plus d'horaire. Ni de contraintes. Ni de comptes à rendre jusqu'à l'hypothétique jugement dernier.

⁂

Dans les faire-part, c'est toujours la première ligne, chargée de faire connaître les états d'âme des survivants, qui est la plus délicate à rédiger.

La tristesse manifestée semble inversement proportionnelle à l'âge du partant : grande douleur jusqu'à soixante ans ; chagrin jusqu'à soixante-dix ans ; regrets jusqu'à quatre-vingts ; information seulement ensuite. Le pire étant atteint lorsque aucune famille n'intervient comme si l'intéressé avait expiré tout seul et que son convoi n'avait été suivi que par un vieux chien.

Grâce aux familles modernes apparaissent aussi les « doubles annonces ». Deux veuves se disputent sur la même colonne de quotidien un même défunt qui n'en peut mais.

Contrairement à ce qu'on croit généralement, le rituel funèbre commence en fait bien avant la signature du certificat de décès. Je me demande d'ailleurs si mon antipathie à l'égard de la religion catholique ne provient pas de la soudaine intrusion du livreur de derniers sacrements à un malade auquel on vient d'assurer qu'il allait beaucoup mieux. À cette remarque, quelques soixante-huitards attardés opposeront sans doute une théorie qui fit florès et selon laquelle il ne fallait pas « voler leur mort » aux futurs défunts. J'imagine la scène : la famille, réunie au chevet de l'agonisant, et psalmodiant « Pépé, c'est fini » pour que l'aïeul prenne bien conscience de ce qui l'attend.

Moi, j'ai toujours préféré ne pas connaître la vérité. Dans aucun domaine. La vie est plus supportable quand on la traite en roman avec toutes les licences et les oublis que le genre autorise plutôt que lorsqu'on ne s'attache qu'à la réalité. Quel patient soutiendra qu'après la visite d'un docteur Tant-Pis, il se sentira en meilleure forme que s'il était soigné par un docteur Tant-Mieux ? Ne sous-estimons pas le rôle de la psychosomatique qui fournit à l'âme ses barbituriques dans le processus du grand départ.

Pour tout dire, je me sens mieux depuis que c'est terminé que lorsque j'appréhendais la fin. Paul Valéry professait que la bonne santé se mesurait au silence des organes. La mort aussi.

Où je commence à craindre qu'au-delà de trois jours la résurrection soit hypothétique

Dieu me garde de brûler ce que j'ai adoré mais après quelques jours d'observation et de réflexion une conclusion s'impose : le monde des morts est plus équilibré et mieux discipliné que l'univers des vivants.

Ici tout n'est qu'ordre et silence. Pas une bagarre, pas une bavure, pas une réclamation, pas une querelle de voisinage. Même les guerres qui, pourtant, permettent d'accélérer le recrutement de nouveaux pensionnaires s'arrêtent aux grilles des cimetières. Les habitants des nécropoles ont rompu avec la bougeotte. Ils sont là où on les a déposés, tranquilles, paisibles, délivrés des petitesses et des turpitudes, épargnés par les accidents et les aléas. Rien de grave ne saurait plus leur arriver.

Je n'imaginais pas quelle sécurité pouvait apporter l'immobilité en même temps que la confusion entre passé, présent et avenir. Un monde sans projet est aussi un monde sans problème. L'absence de forces fait l'union. Si la liberté de circuler a disparu, la fraternité implicite est réelle, sous-tendue par une égalité qui accorde aux riches et aux pauvres un hébergement dont la différence ne s'évalue plus en mètres carrés. Certes, on trouve bien encore, ici et là, quelques vieilles chapelles mais elles n'accueillent que des amoureux gothiques ou impécunieux.

⁂

Les vivants rencontrés dans l'espace réservé aux morts appartiennent à deux grandes catégories : les familles qui apparaissent de temps en temps et les professionnels qui s'affairent, chaque jour, dans l'urgence et la surprise alors que la mort est la seule certitude de la vie.

J'ai déjà appris à les identifier sans les voir : à leurs propos qui, pour les marbriers et les fossoyeurs, se situent plutôt au niveau des pâquerettes qu'à celui des chrysanthèmes, aux bruits particuliers des véhicules de service. La vie reprend ses droits dès potron-minet. Elle s'interrompt brutalement à dix-huit heures quand les grilles se ferment inexorablement comme si l'on souhaitait décourager les travailleurs d'aller honorer leurs défunts.

⁂

Impressionné par les descriptions de cercueils lacérés de l'intérieur par des ongles, j'avais prévu dès le départ de garder à portée de main, avant d'y renoncer par peur du ridicule, un téléphone portable disposant d'une réserve de batterie d'un an. Il aurait suffi d'un léger effleurement pour tenter d'établir une communication. Mais qui appeler ? Des proches qui tomberaient de mes vieilles armoires qu'ils se sont appropriées ? D'anciennes maîtresses qui se trouveraient mal en entendant mon message enregistré : « Je suis moins mort qu'on le croit. Je pense à vous. Je vous embrasse. » J'imagine que la plupart de mes correspondants garderaient le silence sur mon appel. Par peur d'être considérés comme fous. Par appréhension des complications. Car, imaginons que je ressuscite et que je manifeste le désir de rentrer en possession de mon argent et de mes biens. Ou de ce qu'il en reste. Quelle panique dans la famille ! On rangerait l'encensoir et la condamnation serait unanime : « Il n'était donc pas bien là où il était ? Il veut nous faire rendre gorge ! Reprendre ce qu'on a donné est du vol. Nous allons faire un procès au médecin qui a signé le certificat de décès, poursuivre le fabricant de cercueil et la société de pompes funèbres. » En fait, je ne renonce pas. Je diffère. J'ai tout le temps de réfléchir à la pagaille que je déclencherais si je n'attendais pas la parution (hypothétique) de ces lignes pour signaler qu'il faut encore compter avec moi.

Le spectre d'une médiatisation d'un goût forcément douteux me retient également : « Bouvard s'accroche » ; « L'éternel retour » ; « RTL s'apprête à réintégrer l'increvable ». Nous n'en sommes pas là. Certes, j'ai des éclairs de conscience. Mais les extrémités commencent à me démanger et j'ignore si je suis encore présentable.

Et puis considérons la situation en face : si je renoue avec la radio, sera-ce en duplex depuis mon caveau (improprement appelé de famille puisque personne ne m'a rejoint) ou à la faveur d'une exhumation suivie d'un transport de cercueil dans le studio, à l'instar de l'hommage rendu sur scène à Michael Jackson ? Comment réagiront mes complices, mes invités et le public ? Il ne faudrait pas qu'un décorum macabre plombe l'ambiance. Ni que ma permission de sortie du royaume des ombres condamne au chômage un successeur qui n'a pas démérité. Admettons qu'on tourne la difficulté en sonorisant seulement mes propos. Qu'est-ce qu'on fait de moi après chaque émission ? Un corbillard affrété par la station me ramène-t-il au cimetière où ma veuve met-elle à ma disposition la chambre d'amis ? La cogitation s'arrête là car, même dans le meilleur des cas, il ne saurait être question de retrouver le *statu quo ante* avec sorties, bonnes bouffes, amours et casinos. En dehors de l'antenne, je me ferais discret. Par définition, un privé de vie n'a pas de vie privée. Une petite interview accordée de temps en temps à des médias bien choisis (par exemple *La Croix*) et toujours sans image. J'en profiterai pour annoncer la sortie du bouquin que je dicte quotidiennement. Pour le cachet, j'éviterai de me montrer trop gourmand : je n'ai plus de besoins donc plus de frais. Peut-être un salaire symbolique affecté à la réhabilitation des sépultures abandonnées. Et afin d'assumer les frais de gardiennage entraînés par les prévisibles visites de curieux qui viendront se rincer l'œil sur ma dalle.

⁂

Je ne voudrais surtout pas passer pour un trublion, pour un emmerdeur. Ni contraindre les pouvoirs publics qui n'ont toujours pas réglé les problèmes d'emploi des jeunes et des seniors à ouvrir le dossier du chômage des morts. En admettant que tout se passe correctement, rien ne garantit que je serais autorisé à dialoguer avec ma famille et mes amis. Et avec des confrères qui, au lendemain de ma disparition, ont publié des portraits baclés dans lesquels je ne me suis pas toujours reconnu. J'aurais deux mots à dire aussi à une pseudo-ex-copine qui a déballé mes soi-disant fantaisies sexuelles dans les colonnes d'un magazine people. De ce côté-là, je suis bien calmé. À la sérénité du caleçon a succédé l'anaphrodisie du tombeau. Ces galipettes qui ont constitué si longtemps ma gymnastique favorite me semblent vaines, dérisoires, ridicules et même inutiles lorsqu'il s'agit de la reproduction d'une espèce condamnée à mort dès sa naissance.

Quand je repasse le film de ces liaisons, passades, flirts et « prises en passant », comme disent les joueurs d'échecs, et que je songe aux folies provoquées par des corps désormais inertes et froids, j'envie les squelettes plus anciens qui peuvent se tenir les côtes. Si l'on m'interviewe, j'expliquerai que le « flash-back », ainsi qu'ils disent, est la télévision des défunts. En même temps que la vraie postérité puisque le souvenir permet d'honorer d'anciens contemporains logés aujourd'hui à mon enseigne.

⁂

Avouerais-je que mon apparence physique m'inquiète. Je ne perçois toujours pas les signes de la décomposition annoncée mais j'ai l'impression d'avoir rétréci comme si j'avais été embaumé par les Jivaro. Autre angoisse plus précise : mes paroles sont-elles toujours audibles ? Dans la négative, ces confidences déversées au fond du dictaphone ne seraient comprises par aucune oreille humaine et donc mon bouquin ne paraîtrait jamais. Pas plus que je reprendrais d'activités professionnelles. Auquel cas, je devrais me faire une raison et admettre que je suis mort définitivement puisque l'âme qui, semble-t-il, me survit est dans l'incapacité de communiquer avec les vivants. Reste internet : un copain, rayé de l'état civil avant moi, avait eu l'idée d'ouvrir un site posthume. Sa famille assure qu'il n'avait jamais eu autant de visites. Parfois intéressées lorsque des marbriers ou des mages proposaient leurs services.

⁂

La grande plaie des gisants, qu'il s'agisse des « perpètes », dont l'hébergement est garanti en principe jusqu'à la fin des temps ou des « concessionnaires », dont l'éternité est plus chichement limitée à dix, vingt ou trente ans, tient à la solitude, elle-même issue du manque de contacts et – plus grave – de la désaffection survenant quand les familles décomposées ont achevé leur deuil. Hier, j'étais entouré, aidé, assisté. Aujourd'hui, je ne puis compter sur personne. En un mois, je n'ai pas vu une tête de connaissance. Seulement des quidams qui cherchent le caveau de Brialy comme, jeune journaliste, j'allais me recueillir un peu plus loin sur la tombe de Pierre Brisson, mon ancien patron du *Figaro* dont je notais que, longtemps rendu inaccessible par un agenda surchargé, il était désormais disponible sans rendez-vous pour peu qu'on connut les heures d'ouverture.

J'attends encore qu'un badaud, lisant machinalement mon nom sur la pierre, s'exclame « Tiens, alors, c'est lui ? ». Raté. Ou ils passent leur chemin ou mon identité ne leur dit déjà plus rien.

⁂

Faute de visites personnelles, il reste heureusement la ressource des visites reçues par les voisins qui animent sympathiquement la division. Chaque arrivée de renfort me réconforte. Surtout celui des illustres et des richissimes que la gloire et la fortune n'ont pas réussi à préserver de ce qu'il faut bien appeler l'égalité de la suprême malchance. Ils sont passés – parfois très vite – de la grande vie à la mort banale. Ce matin, la travée est animée. J'ai cru comprendre à travers les propos échangés par le fossoyeur et l'employé des pompes funèbres, venu installer l'armature de la poulie grinçante, qu'un brave homme, veuf depuis trente ans, rejoignait enfin sa régulière. Renseignements confirmés à l'instant de l'inhumation par la mini-allocution d'un vieil ami de la famille :

— Mauricette, voici Jean-Paul qui reprend la vie commune pour l'éternité. Désormais vous ne vous quitterez plus.

Tandis que les enfants (déjà en préretraite) sanglotent, je guette en vain une réaction de Mauricette. L'arrivée de Jean-Paul la laisse de marbre. Elle ne s'est pas mise sur son trente et un. Elle n'a pas préparé le dîner. Jean-Paul et Mauricette entament la longue série des silencieux tête-à-tête bien connus des vieux couples qui n'ont plus rien à se dire. Mais cette fois, sans la télé qui donne si souvent l'illusion de la vie dans les foyers morts sans le savoir.

Où je m'offre mon premier flash-back

Premier dimanche après ma mort. Je me repasse un moment de ma vie, comme l'un de ces vieux joyaux de cinémathèque qui deviennent vraiment classiques le jour où tous les acteurs de la distribution ont disparu. Le retour sur le passé est ma dernière gymnastique, mon ultime spectacle. Mais j'ai de la peine à choisir la séquence : le scénario est décousu, les dialogues inexistants, les morceaux de bravoure souvent ridicules. Pis : bien que l'action chevauche deux siècles durant lesquels tout a changé, les images occultent les événements du monde et les problèmes de société. Je n'aurai été, dans cette longue chaîne de petits-bourgeois, qu'un maillon saugrenu et, en dépit de la perpétuation de la lignée, facultatif pour ne pas dire inutile.

D'où l'interrogation qui revient encore me tarauder : je suis mort, certes, mais ai-je vraiment vécu ?

⁂

Gamin devenu à l'usure patriarche sans m'en être avisé, je n'étais pas un descendant et rien ne prouve que je suis un ancêtre.

La vieillesse ne m'a rien appris de plus que l'adolescence. Elle m'a seulement rapproché de ceux qui étaient morts à l'âge où j'ai passé l'arme à gauche. Un vice de caractère doit expliquer le vide d'une existence dont j'ai été davantage le témoin que l'acteur. J'ai beau chercher, je ne me trouve aucune référence. Pas de chanson fredonnée, aucun film vu cent fois, nul bouquin paru au-delà du XIXe siècle érigé en bible. Pas plus d'idéologie que de détestation majeure. J'ai été l'historiographe de maints engouements sans les partager. Parce que je savais qu'ils ne dureraient pas. Parce que j'entendais demeurer neutre et disponible. Rien donc hormis une similiculture franco-française, c'est-à-dire strictement franchouillarde et fermée à tous les métissages intellectuels. Je suis ainsi passé à côté de Shakespeare, de Dostoïevski, de Salinger. Des grands esprits que j'ai croisés, je n'ai rien retenu d'essentiel et de profond, seulement des anecdotes. Aucun parti ne m'a recruté. Aucune mode ne m'a séduit. Aucune grande cause ne m'a mobilisé. J'ai vécu tout mon temps hors du temps sans joies ni peines !

Un certain confort matériel peut masquer l'indigence intellectuelle. Je m'en avise hélas ! trop tard. La mort est capable de conférer de la gravité à des rigolos mais elle ne saurait leur donner *in fine* le sérieux qui leur a manqué jusque-là. Je ne suis qu'un passant qui ne s'est arrêté nulle part sinon pour embrasser des enfants, lutiner des dames, visiter des maisons et feuilleter de vieux livres. Pas de quoi être fier. Je ne le suis pas.

⁂

On ne s'y est pas trompé en jetant sur mon corps à peine refroidi (le premier « hommage » est tombé vingt minutes après la dépêche de l'AFP) des gerbes de fleurs de rhétorique plus vite fanées que les autres : « Il laissera des dizaines de livres et des milliers d'articles mais pas une œuvre », a cru bon d'ironiser un confrère au bagage encore plus sommaire.

En fait, une légère malveillance a consisté à ne pas faire de synthèse entre mes différentes activités. Pour l'un de ces Bossuet de pacotille que la presse appelle en renfort à chaque disparition, j'étais un homme de radio, pour un second une figure (un peu trop joufflue) de la télé alors qu'un troisième ne me répertoriait que parmi les tâcherons de l'écriture.

Quelques-uns louèrent le courage – alors qu'il ne s'agissait que des besoins – qui m'avait conduit à travailler deux puis trois fois plus que la normale au fur et à mesure que diminuait la moyenne nationale. Mes quelques boutades choisies pour constituer des « encadrés » ne m'avaient pas paru les meilleures.

J'aurais toutefois mauvaise grâce à me plaindre. Si la mort m'a refusé la postérité qui ne change rien à l'échéance finale, l'existence m'a accordé tous les conforts permettant de ne pas trop y penser avant qu'elle cesse. J'ai même mené un train de riche sans l'être, réalisant ainsi mon ambition qui était de vivre mieux que ceux qui disaient du mal de moi.

⁂

Je dois, en vérité, mes très rares instants de plénitude à un sourire, à un panorama, au contact d'un épiderme ou à la traversée de mon esprit par une idée. Le bonheur absolu m'a parfois rejoint au travers de lectures à l'effet contradictoire puisqu'elles me donnaient à la fois le plaisir de découvrir un talent et le désagrément de ne pas en posséder autant.

⁂

Mon père m'avait abandonné assez tôt pour que je n'en éprouvasse nulle peine : tandis que ma mère était encore à la clinique. Je ne l'ai vu qu'une seule fois, un quart de siècle plus tard, alors que, devenu fabricant de papier, il sollicitait sans aucune gêne mon entremise pour vendre ses produits au *Figaro* où je commençais à me faire une petite place.

Entre-temps, ma mère m'avait déniché un vrai père que j'ai aimé comme un papa sans me soucier de savoir s'il était ou non mon géniteur.

À une époque où ce n'était pas courant, j'ai donc pu assister au mariage de mes parents. Ma mère était ravissante dans son tailleur de soie bleue piquetée de soutaches ; mon père, adoptif et définitif, très chic dans un complet qu'il avait taillé sans difficulté lui-même puisque c'était son métier. Dans le salon familial, un rabbin avait dit quelques mots dans une langue inconnue de moi puis, selon la tradition, les nouveaux époux avaient cassé un verre sur le marbre de la cheminée. On s'était ensuite affairé à compter les morceaux dont le nombre était censé préfigurer les années d'harmonie conjugale. Si j'en juge par l'abondance des disputes dont je devais être ensuite le témoin terrifié, on avait dû choisir un cristal un peu trop résistant.

⁂

La déclaration de guerre avait tenu lieu de voyage de noces. J'avais accompagné mon père à la gare du Nord d'où partait le train qui lui permettrait de rejoindre son corps en abandonnant les nôtres. Une scène très gratifiante. Mon père (le vrai, celui qui élève) impeccable dans son uniforme « fantaisie », strié par les trois chevrons d'argent attestant son grade de sous-officier supérieur et répondant aux saluts de bidasses dont je prenais ma part.

Pour faire bouillir la marmite, ma mère avait repris son métier d'opticienne en rêvant de m'y associer. Las ! Détenteur pour tout diplôme d'un zéro pointé en maths, je n'ai vendu, l'espace d'un été pluvieux, que des lunettes de soleil chez les Frères Lissac et sans percevoir du monde de l'entreprise autre chose que la mesquinerie des petits chefs et les mauvaises odeurs de la cantine.

L'occupation du pays nous avait touchés de plein fouet : grands-parents déportés ; biens saisis ; quatre années passées à changer de domicile tous les trimestres pour éviter d'entendre cogner à la porte au petit matin. Nous nous étions, ma mère et moi, réfugiés à La Baule lorsque j'ai vu l'arrivée de la soldatesque nazie. Il m'est resté de cette période un peu honteuse de notre histoire une grande défiance à l'égard de l'amitié franco-allemande et le refus – pendant quarante ans ! – de prendre le volant d'une voiture teutonne.

Par esprit de revanche, lorsque vint le temps du service militaire, j'avais demandé, et obtenu, de l'effectuer dans le Palatinat. C'était déjà la fin des brimades : on ne faisait plus descendre les autochtones du trottoir mais on montait sur leurs filles, belles, saines et pas farouches comme si elles avaient compris qu'il faudrait un peu d'amour pour effacer tant de cruauté.

Oserai-je avouer que ce fut la période la plus heureuse de ma vie ? Jeune, vêtu par l'armée et par mon père, bénéficiant très vite d'une voiture et, pour avoir créé de toutes pièces le journal de la division, d'une chambre en ville transformée en centre d'accueil de gretchen, je n'avais aucun souci. Je ne devais jamais retrouver cette petite ivresse de prise en charge totale qui expliquait qu'à l'issue du temps réglementaire, certains d'entre nous « rempilaient ».

⁂

Je me sens déçu, peiné, scandalisé que tout se passe désormais sans moi : les journaux, la télé, la radio, les élections. Et que tant de bipèdes, souvent moins méritants, continuent à respirer. Me manquent également les petits et grands conforts de l'existence que j'appréciais plus que d'autres à la pensée récurrente, obsédante, que je devrais les perdre un jour. Faute des infos, que j'écoutais chaque heure, je ne sais plus rien de l'état du monde, des progrès technologiques et même des avancées médicales qui auraient pu aller d'un meilleur pas quand je pouvais encore en profiter.

Cela dit, je reconnais avoir bénéficié du privilège d'une mort naturelle, survenue normalement, entourée de soins lourds et de petits égards. J'ai toujours plaint ceux auxquels – rebelles, soldats ou criminels – on enlevait la vie en pleine jeunesse.

⁂

Les grilles ferment. Je vais me mettre en veilleuse jusqu'à demain matin où l'arrivée du premier fossoyeur me rappellera paradoxalement que la vie continue.

Le roi père
Celui qui élève l'Esthique
[illegible]
habille
[illegible] ter

Où je commence à vérifier que je suis condamné à perpétuité

Dans mon trou à rats, j'éprouve la même sensation d'infini qu'à l'époque – où chaque journée était à la fois gagnée sur la mort et gâchée pour la vie puisque je n'en faisais rien de passionnant – je contemplais la mer depuis ma terrasse azuréenne. À perte de vue perdue, il n'y a plus âme qui vive. On croit savoir que, si le regard n'était pas arrêté par la ligne d'horizon ou par le bois dans mon cas, il irait jusqu'au bout du monde. Comme je ne vois rien, j'imagine. À force de concentration, je devine au-delà de nos murs, hauts comme ceux d'une prison alors que nos évasions sont rarissimes, une ville qui ne cesse de s'élever davantage vers le ciel alors que nous ne construisons qu'en sous-sol.

⁂

Quelle idée saugrenue que de fermer les yeux d'un mort comme on abaisse le rideau de fer d'un magasin, comme si le défunt ne devait pas voir ce qui se passe autour de lui. Inutile de vous dire que, mine de rien, j'ai soulevé les paupières pour ne pas perdre une scène du spectacle tragi-comique donné périodiquement dans toutes les familles et intitulé « Papa nous a quittés ». Avec les premiers rôles, les seconds couteaux, les acteurs de complément et la figuration plus ou moins intelligente.

Limitée à un certain nombre de représentations comprises entre le jour du décès et la fin du deuil, la comédie ne dispose pas d'un texte écrit mais d'un très vieux canevas à partir de quoi chaque acteur improvise selon son tempérament. Dans les pays latins et arabes, la distribution mobilise de surcroît des pleureuses. Les plus talentueuses arrivent à faire croire qu'elles ne survivront pas au défunt. Toutes réclament leur petit cadeau le soir venu.

⁂

Tant qu'on n'en a pas été victime, on se fait une fausse idée de la mort. D'abord parce que si elle marque le terme d'un monde connu, elle constitue le début d'un autre univers mystérieux et impénétrable en dépit de la montagne d'ouvrages, plus souvent publiés par des spécialistes du jus de crâne que par d'authentiques squelettes, moins fréquentables certes mais plus crédibles.

⁂

Autre idée reçue et qui ne résiste pas à la réflexion : la lutte des classes ne dépose jamais les armes puisque les pompes funèbres en proposent plusieurs qui permettent aux familles endeuillées de montrer leur standing, voire de frimer en descendant de limousines qu'elles ont momentanément préférées aux Vélib. L'ostentation suprême étant celle du regretté Victor Hugo qui avait souhaité être conduit vers sa dernière demeure dans le corbillard des pauvres et auquel on offrit des obsèques nationales torrides puisque ce jour-là les hétaïres ne firent pas payer leurs clients.

Le fameux travail de deuil, que les cellules de soutien psychologique nous servent après chaque catastrophe naturelle ou aérienne, m'agace beaucoup. Pourquoi parler de travail alors que la disparition d'un être très cher peut autoriser certains héritiers à cesser toute activité professionnelle ? L'expression paraît d'autant plus abstraite et démodée qu'on a renoncé, en quelques décennies, à tous les signes extérieurs du deuil : les voiles noirs ont été remplacés par des lunettes de même couleur, les brassards et macarons signalant la perte d'un parent font désormais partie de la panoplie des vieilles lunes. À telle enseigne qu'il n'y a plus que les tâcherons de l'industrie funéraire pour porter le deuil d'un *de cujus* qu'ils n'ont pas connu ni aimé et dont la mort contribue à les faire vivre.

⁂

Quelle confusion ! Quel pathos ! Qui sera capable de mettre un peu d'ordre dans tout cela ? Qui dira qu'au royaume des ombres, tous les électroencéphalogrammes ne sont pas plats ?

Où je fais connaissance avec la veuve Michard

Sur terre, je n'en avais jamais entendu parler. Sous terre, je l'entends parler tous les jours. Grâce à elle, les journées sont moins longues et je me sens moins seul.

Elle débarque tous les matins vers dix heures, enrobée de noir et tenant généralement un pot de fleurs comme on promenait naguère le saint sacrement. L'image que me transmet mon périscope est celle d'une femme déjà âgée, dont le visage, un peu bouffi et légèrement couperosé, annonce une grande bonté. Avant de faire la causette à son cher mari, la veuve Michard remet un peu d'ordre sur les dalles avoisinantes, redressant une croix, faisant disparaître une canette vide. Puis elle ouvre son pliant et le dialogue commence.

Car il ne s'agit nullement d'un monologue. Chantal commence une phrase ainsi qu'au bon vieux temps d'une vie de couple sans nuage et s'interrompt comme si son regretté Léon lui avait demandé de préciser un détail. Parfois une véritable discussion semble s'engager.

— Mais si. Je t'en ai déjà dit un mot hier mais tu ne te souviens de rien ou tu ne m'écoutes pas.

Or, moi j'avais gardé en mémoire le résumé du chapitre précédent : le siamois obèse qui, en sautant sur la cuisinière, avait renversé le pot-au-feu. Chantal est une conteuse pointilliste : elle rappelle le poids du chat, son adoption dans un refuge de la SPA, le teckel avec lequel il ne s'entendait pas mais qu'un vétérinaire a piqué en osant réclamer des honoraires et sa recette du pot-au-feu. Suit le portrait de l'amie qu'elle avait conviée à partager le plat du terroir et qui est repartie à jeun assez fâchée, avant que le facteur échange contre un verre de vin la missive que les cousins bourguignons envoient, régulièrement chaque année au lendemain du 14 Juillet, pour préciser qu'il ne se passe toujours rien de notable dans leur village dont les vieilles pierres suintent l'ennui. Chantal essuie une larme :

— Tu sais que tu me manques, surtout le soir quand il n'y a rien à la télé.

La séance de spiritisme ménager se poursuit avec l'évocation de travaux de plomberie rendus urgents par une fuite dans la salle de bain. Léon, bien à l'abri dans son sapin étanche, doit formuler des réserves puisque Chantal sort de ses gonds :

— Enfin, laisse-moi finir ma phrase.

Avant d'assener l'argument massue :

— De toute façon, ce n'est plus toi qui paies ! Oui, d'accord, c'est toujours ton argent…

L'entretien qui vire au sordide laisse à penser que Léon est toujours près de ses sous. Chantal trouve la diversion en répondant à une question qui m'a échappé :

— Oui, les enfants vont bien. Oui, ils travaillent beaucoup. C'est pour ça qu'ils ne viennent pas souvent te voir. Mais on parle de toi, on regarde tes photos.

Ça lui fait une belle jambe. Tiens, je ne sens plus les miennes. Depuis quelques jours, j'ai l'impression qu'on m'a subrepticement enlevé tout ce qui se trouvait au-dessous de la ceinture. Pas grave, pour ce que j'en faisais les derniers temps. N'empêche que si j'obtenais le droit d'aller me promener un peu le dimanche, je serais bien embêté. Sauf à me transformer en cul-de-jatte avec des fers à repasser.

Chantal embraye sur les impôts dont elle vient de recevoir un avis comminatoire, sur les épidémies qui se rapprochent. Visiblement, Léon se fiche encore plus des microbes et des virus que du tiers provisionnel. Il les a déjà affrontés. Et ils ont gagné. Bêtement car ils ont détruit l'organisme qui leur servait de refuge. Chantal vient de se lever de son pliant. Machinalement, elle s'enquiert :

— Tu n'as besoin de rien au moins ?... À demain.

Elle jette un regard sur mon périscope, retire de ma dalle les petits cailloux laissés intentionnellement comme cartes de visite par un visiteur et s'en retourne à petits pas vers ce monde de fous où l'on continue à s'étriper sans faire confiance à la nature. Et elle nous laisse seuls, son mari et moi qui, séparés seulement par deux mètres cinquante, nous ignorerons jusqu'à la fin des temps.

⁂

Je dois reconnaître que je n'ai jamais été un foudre de communication. Même, et surtout, lorsque j'œuvrais dans les médias. J'apprenais toujours par des salariés d'autres boîtes ce qui se passait dans la mienne. Je n'osais pas demander d'augmentation à des patrons qui ne m'en auraient peut-être pas refusées. L'impossibilité de dialoguer avec les femmes sinon de les gratifier d'une boutade entre deux saillies, la difficulté de converser avec les enfants et même des amis dès lors qu'on s'avise qu'il est inutile de poser des questions qui n'obtiendront pas de réponse ainsi que la conviction que le silence, s'établissant entre deux êtres qui auraient beaucoup de choses à dire, constitue une grâce d'état, m'ont enfermé depuis ma naissance dans une solitude, née du croisement de la paresse et du respect humain, que mon état actuel a officialisée.

Et pourtant, je n'ai pas cessé de parler dans les assemblées où je n'écoutais personne, à la radio et à la télé où l'on ne sait jamais exactement à qui l'on s'adresse.

De la même façon, j'ai eu par pudeur, par méfiance, des rapports très distants avec moi-même, évitant de m'interroger sur mon passé, de juger mon présent, d'imaginer mon avenir. Dès qu'une idée gênante me venait à l'esprit, je me mettais à chantonner. Pour créer une diversion, pour dissiper regrets et honte.

C'est dire si de ma vie privée et professionnelle, les fameux plans de carrière ont été absents. Tout s'est fait par hasard, s'est enchaîné au petit bonheur, s'est délité par usure. Sans vraie volonté de mener à terme un projet ou d'entamer une idylle. Je me laissais porter par la vague des promotions et pousser par la houle des sentiments.

Cette attitude explique que je me suis parfois retrouvé là où je n'aurais pas dû, en compagnie de personnes dont j'aurais pu économiser la fréquentation. Mais non. À force de faire confiance au destin, je n'en ai pas eu. Juste une de ces petites vies dont on ne peut tirer un livre qu'en divaguant et qu'en affabulant.

Je me montrerais cependant injuste si je ne reconnaissais pas que le hasard – pourvu qu'on ne le provoque pas dans les casinos – fait parfois aussi bien les choses que l'arrivisme le plus intelligent. La méthode – ou plutôt son absence – a l'avantage de ménager des surprises puisque rien n'est prévu ni concocté et le désagrément d'assimiler le tracé d'une existence plutôt sobre au parcours en zigzag d'un poivrot.

⁂

Deux braves femmes passent dans mon allée. Elles n'évoquent pas les hommes qu'elles ont perdus mais la variété des pots de fleurs à l'aide desquels elles croient perpétuer leur mémoire. C'est cela la postérité : un géranium qui sent plus mauvais que la mort.

Où je me résigne à ne plus être informé d'une actualité qui se passe de moi

J'émerge d'une période d'inconscience dont je ne sais si elle a duré une heure ou un mois. De la même façon que, lorsque le sang coulait encore dans mes veines, je ne savais jamais en émergeant d'une sieste si c'était le petit matin ou le début de l'après-midi. Preuve que je n'avais guère plus de repères avant qu'après. Hier, le calme annonçait le week-end ou les grandes vacances ; aujourd'hui il est signe de congé éternel. Mais il ne s'agit pas du même calme. Le nôtre est profond, angoissant. Chaque fois qu'un bruit le trouble, c'est pour ajouter une unité à notre population muette.

Je guette l'arrivée de la veuve Michard. En vain. Nous sommes donc dimanche. À moins que la veuve Michard ait disparu à son tour. Ou qu'elle ait remplacé le pauvre Michard. À sa dernière visite, j'avais noté qu'elle ne s'attardait pas et qu'elle entretenait moins son défunt du vide qu'il avait laissé dans sa vie que des nouvelles amitiés qu'elle nouait à la faveur de son club de bridge. Et Gaspard par-ci, Gaspard par-là. Gaspard m'avait semblé être le partenaire qui jouait le rôle du mort.

⁂

La fidélité des vivants est notre grand problème. Elle obéit à des lois variables et inconnues. Nous savons seulement que le temps l'érode dans les cœurs qui continuent à battre comme l'air marin attaque les maisons ayant les pieds dans l'eau. Les veuves qui vivent de plus en plus longtemps sont moins souvent éternelles que par le passé. Les plus fidèles reviendront dans dix ans, à la Toussaint, en compagnie d'un nouveau mari. Les autres oublieront peu à peu l'absent que le trépas a privé définitivement de toutes les qualités qui l'avaient fait aimer.

Peut-être dois-je chercher une indication sur l'évolution du monde extérieur dans le bruit des avions de moins en moins fréquents qui pourrait indiquer le renoncement à ce mode de transport ou la mise au point d'appareils plus silencieux. En revanche, mon périscope fatigue. Il ne me permet plus, par exemple, de distinguer les phares de voiture trouant l'obscurité par les interstices de la grille d'entrée (et rarement de sortie !) des feux d'artifice du genre follets que la nature tire la nuit de nos entrailles.

Je m'assoupirais volontiers de nouveau si je n'appréhendais de me réveiller dans un autre siècle sans savoir ce qui s'est passé tout au long de ces années que je ne suis plus capable de compter. J'aurais l'air d'un mauvais journaliste si je ressuscitais dans un monde inconnu, bouleversé par des catastrophes ou des guerres dont je n'aurais pas été informé. Alphonse Allais, qui fait partie de notre club si fermé après dix-huit heures, prétendait que plus on ira et moins de gens auront connu Napoléon. Connaître n'est pas le problème. C'est savoir et se souvenir qui est important.

La France existe-t-elle toujours ? Et, dans l'affirmative, qui la dirige ? Un militaire, un gourou ou le comique de série B que finiront par élire les sujets d'une télécratie ? Quel est le pays le plus puissant du monde ? Si j'étais encore dans la presse, je publierais une gazette des cimetières dont on déposerait chaque matin un exemplaire sur la tombe des abonnés par leur famille. Des bénévoles viendraient leur lire les nouvelles susceptibles de les intéresser.

Or, à l'ignorance, s'ajoute une frustration née de la constatation que personne n'a plus besoin de nous puisque nous ne pouvons plus faire de bien ni causer de mal. Alors qu'on recense périodiquement le nombre des vivants, nous n'existons plus démographiquement tant il est vrai qu'on tait, sans doute pour éviter la panique, les milliards de bipèdes qui, depuis que le premier homme est sorti de la mer, se sont retrouvés sous terre.

⁂

Que c'est long et sans intérêt cette survie factice et inutile mais dans laquelle je commence à croire depuis qu'un point du corps que je croyais définitivement insensible s'est mis à me démanger autrement.

Où je me remémore un temps où tous les corps étaient chauds

Cinéma dominical. Avec, toujours à l'affiche, un vieux film dont je suis l'un des acteurs et le seul spectateur. Des images défilent, un peu saccadées, parfois ponctuées de commentaires pompeux et dérisoires comme les anciennes actualités.

Images des bombardements de La Chapelle par les Anglais et si près de notre immeuble que le souvenir des explosions me rendra plus tard insupportables les feux d'artifice.

Images de la Libération. Je suis encore trop jeune pour profiter pleinement de la liesse populaire qui fait tomber les barrières sociales et les petites culottes. Je m'éveille au sexe à travers ces plaisirs solitaires de la prime jeunesse qu'il serait logique qu'on retrouve sous terre quand tout le monde vous a abandonné. Ma mère surveille de très près, de trop près, mes mains qui s'égarent sous les draps, les taches suspectes qui s'ensuivent et les heures que je passe enfermé dans les cabinets à feuilleter des périodiques coquins et illustrés.

⁂

Le salut se présente enfin sous les formes replètes d'une petite bonne, justement baptisée à tout faire, puisque ses heures sup sont consacrées à déniaiser le fils de la maison. Le déduit se situe sous la table de la salle à manger recouverte d'un tapis vert retombant jusqu'au sol et qui me donne l'impression de faire du camping en même temps que l'amour.

La petite bonne est plus officiellement chargée de me conduire au lycée. Mes camarades se moquent de « la bonne à Bou » jusqu'à ce qu'un jour je remette les pendules à l'heure : « C'est peut-être la bonne à Bou mais Bou baise la bonne ! ». Précision qui me vaut, à l'époque où le harcèlement sexuel n'existe pas, la considération promise dans une société d'impuissants à ceux qui passent à l'acte.

La petite bonne est dévouée, déjà experte mais elle a des boutons sur le visage. J'en demande la cause à ma mère : « Tu ne peux pas comprendre, me dit-elle, ce sont des boutons d'amour. » Il faudra des années pour que cette explication perde son mystère et que je comprenne qu'un sentiment ne provoque pas automatiquement des pustules.

⁂

D'autres amours ancillaires suivront. Je m'enhardis à quitter la table de la salle à manger pour passer la nuit dans la chambre de bonne dont le plafond est si bas qu'il oblige la locataire et son visiteur à s'allonger l'un sur l'autre.

De surcroît, je m'offre – sans bourse délier – un extra. J'ai fait la connaissance dans une rue chaude du quartier du Châtelet de Marguerite, une péripatéticienne à cuissardes. La dame a la quarantaine difficilement tassée dans sa guêpière mais elle est accorte et pas feignante sous le client. Elle a choisi de me traiter « au béguin » parce que je lui rappelle un tendre copain de jeunesse. Je dois donc, quand nous sommes ensemble, répondre au prénom de Rodolphe pour mieux évoquer ce grand amour qui lui tire toujours des larmes bien qu'il l'ait mise au tapin. Marguerite me fait découvrir pêle-mêle des caresses interdites, la grande tristesse des filles de joie et la vraie générosité, qu'elles se vendent ou qu'elles se donnent, des infirmières du sexe que rien ne rebute et dont l'honneur réside dans une obligation de résultat. Marguerite a fini par prendre sa retraite, par acheter une petite boutique avec ses économies et par épouser un brave homme, désormais son unique client. Nos adieux furent platoniques dans le recoin d'un bistrot dont elle acquitta l'addition. Pourrais-je la revoir si elle repassait par Paris ? Pas question. Non seulement elle avait tourné la page mais elle avait jeté le livre aux orties.

Je pense parfois à ses cuissardes et à une conscience professionnelle qui a tendance à se déliter.

⁂

La preuve que le trépas me perturbe, c'est que je ne parviens plus à ordonner mes souvenirs selon leur succession chronologique. Tout à l'heure me sont revenues pêle-mêle des bribes de mes dernières vacances (si j'avais su qu'il n'y en aurait pas d'autres, j'en aurais mieux profité) et des instantanés scolaires.

J'ai détesté l'école et elle me l'a bien rendu. Je fermais les oreilles pour fuir les leçons oiseuses auxquelles je n'entendais goutte et j'ouvrais grand les yeux pour ne rater aucune progression de la grosse aiguille sur une pendule située en dehors de la salle de classe. Par la fenêtre, j'observais aussi les arbres qui perdaient leurs feuilles tandis que les cancres, comme moi, perdaient leur temps. Rivé à une galère dont je n'attraperais jamais une rame, je ressentais chaque jour la cloche de sortie comme la seule réussite de mes études.

J'ai souvent regretté de n'avoir pas été un meilleur élève lorsque, plus tard, jeune journaliste et donc contraint de remettre à mes employeurs de petites rédactions et des devoirs de français, j'ai dû m'entourer de dictionnaires et d'anthologies. À l'époque, les efforts accomplis pour éveiller de jeunes intelligences qui ne vieilliraient pas toujours bien me paraissaient déjà vains. Par la suite, j'ai comparé systématiquement les longues décennies consacrées à former un cerveau et les quelques années durant lesquelles il fonctionnerait à peu près correctement.

Ma situation au fond et à la marge de la classe faisait de moi le vilain petit canard qu'on interroge à la fin du cours afin que ses bourdes dérident ses camarades. À l'armée, où mes contre-performances physiques avaient été repérées, on donnait mon parcours du combattant en spectacle à toute la compagnie.

Comment, avec de tels débuts, ne me suis-je pas retrouvé clochard ? Mystère. Ou changement d'orientation. Il m'a suffi de choisir un secteur d'activités où mes défauts caractériels pouvaient devenir des qualités professionnelles pour que j'accède à une certaine prospérité. On m'avait fait grief d'être impatient et léger ? On me jugeait désormais rapide et primesautier. Je ne prenais rien au sérieux ? J'étais un humoriste. J'avais raté tous mes examens ? Je rejoignais ainsi la glorieuse phalange des autodidactes en tête de laquelle caracolaient Guitry et Malraux. Et puis ? Je ne sais plus.

⁂

Ces flash-backs me lassent puisqu'ils ne m'apprennent rien. Plus la peine de guetter le cheminement de la grosse aiguille. La pendule s'est définitivement arrêtée. L'heure de la récréation ne sonnera plus. La mort est encore plus triste que l'école.

Où je regrette à la fois de ne plus éternuer et de n'avoir pas manifesté davantage d'ambitions

Je commence à m'ennuyer. Faute d'obligations et de contacts (que font les spirites ?). Le clocher de l'église voisine s'obstine à sonner des heures qui ne correspondent plus à rien. Le temps qui passait ne passe plus. Le début de tout s'éloigne sans que la fin se rapproche. D'où cette impression d'interminable que je n'avais jamais éprouvée. D'autant qu'alors que j'étais en état de veille seize heures sur vingt-quatre, je suis désormais condamné à ressasser vingt-quatre heures sur vingt-quatre.

Ai-je réussi ma vie ? (au point où j'en suis, le résultat est le même quelle que soit la réponse). Me suis-je fait aimer de mon vivant ? Me regrette-t-on après ma mort ? Qu'ai-je laissé ? Des enfants, des maisons et des arbres. Les enfants m'oublieront. Si ce n'est déjà fait. Les maisons passeront en d'autres mains. Les arbres deviendront centenaires sans qu'on dérange en leur honneur la presse locale. Sur le plan professionnel, ça ne s'est pas trop mal passé. Mais, attiré par la facilité et fasciné par l'argent, j'ai rarement utilisé mes possibilités.

⁂

Ce qui me manque le plus dans mon nouvel état est de pouvoir éternuer. Par allergie ou par désœuvrement, à moins que ce fût pour entendre « À vos souhaits ! », j'éternuais chaque matin bruyamment comme nos aïeux lorsqu'ils se débouchaient les sinus avec du tabac à priser. Durant la journée, il n'était pas rare si je me rapprochais d'une fleur fraîchement éclose ou d'une femme un peu fanée mais parfumée que je sois pris d'une quinte sternutatoire. Jamais moins de quatorze fois. Pas davantage non plus. J'affirmais ainsi bruyamment mon existence en expirant un air que je n'inspire plus. Il y avait dans ce phénomène brutal et tonitruant une joie de vivre dont je m'avise rétrospectivement.

Quand on est encore de ce monde, on a rarement conscience de la merveille absolue que constitue un corps humain en état de marche. Tout semble normal et éternel : la respiration, la circulation, l'ingestion, la digestion, la défécation. La petite usine peut tourner durant des décennies sans à-coups, sans problème. Un vrai miracle estompé par la brume de la vie quotidienne. À l'inverse, quand tout s'est définitivement déglingué, on n'a plus mal nulle part. J'avais entendu parler de ces amputés qui souffraient cruellement d'un membre absent.

Aucune inquiétude, dans mon cas, l'insensibilisation est totale. Le corps a démissionné.

Seule, l'âme batifole encore, lorsqu'elle prend conscience d'une transformation irréversible jusqu'à un jugement dernier dont on nous a précisé le lieu (la Vallée de Josaphat risque d'être trop exiguë) mais pas la date. Pas plus que les modalités de résurrection réservée à ceux qui, désormais avec la bénédiction de l'Église, auront connu le brasier de la crémation avant les flammes de l'Enfer. Ma peur du feu m'a incité à refuser l'autorisation d'installer ma dernière demeure sur la cheminée du salon. La mise en scène kafkaïenne également qui mêle musique classique et bûcher funéraire tandis que les assistants désolés et impatients – la crémation des maigres n'est pas plus rapide – regardent leur montre faute de voir autre chose. Et que dire des cendres présentées *in fine* sinon que, par suite du mélange de la chair du disparu et du bois du cercueil, elles font la part plus belle à l'arbre qu'à l'homme ?

Où les monstres sacrés de la presse viennent me tirer par les pieds

Si un reporter de *La Gazette de l'au-delà* me demandait mon meilleur souvenir terrestre, sans nul doute ferais-je état du privilège d'avoir été payé pour rire et pour dire – mais très vite – n'importe quoi. Un privilège exorbitant dans une société peureuse et coincée. J'en ai largement profité en me forçant souvent car je n'étais pas méchant. Mais, à mes débuts au *Figaro*, Pierre Brisson m'avait conseillé de tremper ma plume dans l'acide, m'expliquant que le meilleur moyen de devenir connu consistait à s'attaquer à des contemporains qui l'étaient déjà. Encouragé par un grand patron de presse dont tout le monde saluait l'éthique, je m'étais fait les crocs sur Maurice Chevalier, Brigitte Bardot et Mireille Mathieu. Le premier m'a pardonné avant de s'éteindre. Je me suis réconcilié avec la deuxième après un demi-siècle de fâcheries. Et la troisième chante moins. Mission accomplie.

***

Cher Pierre Brisson, si intimidant et si timide, qui faisait et défaisait les gouvernements, les élections académiques et les prix littéraires. Il repose dans une travée perpendiculaire à la mienne. La vie nous avait rapprochés. La mort a encore diminué les distances.

Pierre Brisson, PB comme nous le désignions avec un respect succinct, avait exercé d'abord la fonction de critique dramatique. Puis il avait épousé une jolie comédienne qui l'avait quitté pour un metteur en scène dont nous avions ordre de ne jamais citer le nom dans les colonnes du journal. PB s'était ensuite amouraché d'une femme du monde, belle, brillante et lancée. Elle avait trouvé la mort dans un accident de la circulation. Depuis, il promenait son spleen dans des complets rayés, enveloppé d'un nuage de parfum qui perdurait dans les couloirs et l'ascenseur de l'immeuble du rond-point des Champs-Élysées, où gîtait *Le Figaro,* plusieurs heures après son départ pour un domicile où il ne caressait plus que les courbes des reliures de ses éditions originales.

Il m'avait montré une fois ses trésors. Il les manipulait avec des gants et les étalait sur des peaux de chamois, interdisant qu'on les considère de trop près de peur qu'une haleine chargée pollue les dessins, pourtant protégés par une feuille transparente. Il fut remplacé par Louis-Gabriel Robinet, rédacteur en chef, politologue sérieux et joyeux drille qui, entre deux éditoriaux se terminant par « il faut raison garder », distillait des contrepèteries de corps de garde. LGR devait sa vaste culture à ses insomnies chroniques. Il en était arrivé à se féliciter de ne dormir que trois heures par nuit alors que nous perdions un précieux temps à ronfler tandis que lui lisait et écrivait. Il a disparu peu après la soixantaine, usé par le manque de sommeil.

Entre-temps, nous avions été rachetés – titre, locaux, meubles et personnel – par Jean Prouvost, un richissime filateur du Nord qui, à quarante-cinq ans, était passé du textile au papier. Avec un égal succès mais un bonheur accru car il était tombé amoureux de la presse moderne. Il lui fit de beaux enfants baptisés *Marie-Claire*, *Paris Match*, *Télé7Jours*. Vivant dans sa tour d'ivoire et sans autre contact avec les gens du commun que par le truchement de son chauffeur, il savait parfaitement ce que le grand public attendait et les talents qu'il convenait de rameuter pour lui donner satisfaction. Quand il avait théorisé devant moi, je ressortais de son bureau avec la double certitude de n'avoir rien compris et de m'être trouvé en face d'un génie du journalisme à l'égal de Pierre Lazareff mais sans avoir été formé sur le tas et recourant surtout au jargon des enfants cossus, élevés à l'anglo-saxonne. Autocrate paternaliste, il exigeait de ses collaborateurs qu'ils l'appelassent « patron », qu'ils vécussent fastueusement et que, lorsqu'il les conviait en week-end dans son château solognot, ils trichassent pour le laisser gagner au gin. Il m'avait confié la direction du *Figaro Dimanche* sur les maquettes duquel je travaillai en compagnie de trente-sept collaborateurs durant toute une année et qui ne parut jamais. Je le quittai pour *France Soir* mais je le retrouvai peu après puisqu'à quatre-vingts ans passés et en dépit de sa surdité, il avait repris RTL.

Des grands patrons que j'ai vu inventer, une à une, les nouvelles règles du vieux métier que j'avais choisi d'exercer, émerge Pierre Lazareff, ludion de la presse écrite auquel j'ai tellement essayé de ressembler que j'ai réussi à ne pas grandir plus qu'il ne l'avait fait. Par la suite, j'ai œuvré aux côtés d'autres « boss » mais je n'ai plus rencontré de génies. Ces derniers, toujours visionnaires, toujours pionniers, toujours en avance d'une mode et jamais en retard sur l'événement, s'étaient éclipsés afin, j'imagine, de me montrer la voie menant là où je suis aujourd'hui.

Où je vérifie que le soleil est mort, lui aussi

Au terme d'une vie aussi capitonnée que mon ultime refuge, j'essaie de me remonter le moral en me persuadant que l'obscurité dont je ne parviens plus à sortir est due à l'extinction du soleil avec laquelle on nous bassinait ces dernières années. Je tente d'imaginer le bouleversement planétaire entraîné par la perte du grand luminaire. Répercussions sur le climat, sur la santé, sur la végétation, sur l'univers. Ah ! ils ont bonne mine les prophètes qui avaient conseillé d'investir dans les capteurs solaires. Si ça se trouve, tout le monde est mort. Et vers la fin, il ne restait plus personne pour creuser les tombes. Je plaisante.

Bien qu'une fois passé la porte de mon lotissement, le moins futé des visiteurs comprend qu'il n'excursionne pas au royaume de la rigolade : les lieux et les êtres sont également lugubres. L'architecture locale n'arrange rien qui raffine dans la pierre sombre et le marbre froid surmontés d'emblèmes religieux. On a connu plus pimpant.

Ce matin, pourtant il y a de l'animation dans mon quartier. D'abord une inhumation dans le caveau contigu. Bienvenue à l'arrivant. La fin du cortège qui l'achemine stationne à ma hauteur. Tandis qu'en tête, on s'échine à rappeler les vertus du disparu, en queue on évoque ses frasques et ses turpitudes. C'était un joyeux luron. Tout ce qu'on en dit de méchant me le rend sympathique et me donne envie de le connaître. Malheureusement, tant qu'on n'aura pas créé une amicale des blogueurs de l'au-delà, l'incommunicabilité régira autant les non-rapports des morts que ceux des vivants.

Après la dernière pelletée de terre, les commentaires cessent brusquement comme si mon nouveau voisin était déjà oublié. Grâce à mon périscope, je distingue la retraite du bataillon des veuves officielles et putatives. Le type était fidèle à sa manière car elles affichent toutes la même blondeur. Certaines marchent bras dessus bras dessous, d'autres se regardent en chiens de faïence. Nul besoin d'être grand clerc pour prévoir que ça se passera mal chez le notaire. La fortune de Bill Gates ne suffirait pas à sécher les larmes d'autant de beaux yeux.

⁂

Le silence est maintenant troublé par une « réduction », regroupement familial posthume qui vise à faire un peu de ménage dans un caveau. En principe, un commissaire de police doit superviser l'opération. En fait, le représentant de l'ordre n'est jamais là. Les vivants lui donnent trop de soucis pour qu'il perde son temps avec les morts. La tâche ingrate est assurée par une piétaille qui ouvre les cercueils, joue aux osselets sans émotion ni état d'âme. Au jour du jugement dernier, Dieu aura du mal à reconnaître les siens.

Le troisième intermède concerne l'exhumation d'un chanteur célèbre, coutumier de la vérification d'ADN à la demande de femmes désargentées et devant élever seule un enfant. Comme l'artiste avait donné beaucoup de galas en province, on lui a prêté de nombreuses bonnes fortunes dont la science permet de confirmer ou d'infirmer la réalité. Le séducteur est muet mais les gens daubent sur toutes ces présomptions de paternité. N'empêche que, sur ordre de la justice des hommes, le don Juan aura bénéficié de plusieurs rappels et de quelques matinées de sortie. C'est toujours ça de pris quand on est condamné à perpète.

⁂

Je mentirais cependant si j'affirmais qu'en dehors du rituel funèbre, l'endroit est désert. Outre les habitués qui vont directement à leur sépulture, il faut compter aussi avec les occasionnels souvent un peu perdus. À la fin de mon séjour terrestre, ayant sauté plusieurs dates anniversaires, je ne retrouvais plus la tombe de mes parents. Comme j'avais honte de devoir me renseigner auprès du gardien, je stationnais bêtement devant n'importe quelle dalle, fermant les yeux pour ne pas voir les patronymes inconnus en me disant que l'intention de la démarche comptait davantage que son efficacité et que personne ne saurait jamais rien de mes errements.

Enfin le cimetière accueille également un certain nombre de touristes à la recherche de silence, d'air moins pollué ou d'un défunt illustre. Ils passent évidemment devant moi sans s'arrêter. J'en éprouve la même frustration que lorsque, chroniqueur réputé à la mode, je voyais dans les transports en commun des lecteurs du magazine où je sévissais sauter la page qui m'était dévolue.

Il y aurait également – en dehors des heures d'ouverture – des couples à la recherche d'un abri discret et pas cher. Mon périscope n'en a jamais observé. En revanche, j'ai repéré quelques fausses veuves, longs voiles et courte vertu, qui viennent exercer le plus vieux métier du monde dans cette atmosphère lourde et grave. Et leur manège me réjouit qui donne du plaisir là où il n'y en a plus aux veufs inconsolables et aux maniaques en quête de galipettes macabres.

Où je confirme avoir possédé l'esprit de famille

Paradoxe de mon état : des souvenirs de plus en plus lointains remontent à la surface sans que je les suive pour autant. Ainsi m'arrive-t-il de penser davantage à mes grands-parents que de mon vivant lorsque après les avoir confiés aux croque-morts, je m'en retournais vers une existence bien rythmée, assez gratifiante mais – je crois l'avoir déjà dit – sans repères.

À une époque où la démence sénile n'avait pas encore triomphé de la mortalité infantile et où l'augmentation de l'espérance de vie ne mettait pas l'existence des caisses de retraite en péril, ma famille donnait de beaux exemples de longévité. On défuntait rarement avant quatre-vingt-dix ans. Quand un octogénaire passait l'arme à gauche, on disait « il est mort jeune ». J'ai donc pu connaître mon arrière-grand-père, patriarche dont la barbe blanche cachait la chaîne de montre en or insérée dans le gousset du gilet. Ceux qu'on n'appelait pas des seniors vieillissaient bien, généralement épargnés par cette maladie d'Alzheimer qu'on n'avait pas encore découverte. Quand l'un d'entre eux perdait exceptionnellement la tête, on n'en faisait pas un drame. On se contentait de remarquer : « Il est un peu gâteux. » On n'achetait pas de médicaments. Seulement un bavoir.

À l'époque, les arbres généalogiques avaient plus de branches qu'aujourd'hui. Ma grand-mère avait dix frères et sœurs. Tous avaient dépassé quatre-vingts ans. Certains, qui avaient fait carrière dans la finance, travaillaient toujours. Les hommes portaient la barbe et les femmes la moustache comme cette tante Ginette surnommée Tata Gillette. Les uns et les autres veillaient attentivement sur les jeunes pousses, instamment priées de se remplir les méninges autant que l'estomac. Il était aussi impardonnable de laisser quelque chose dans son assiette que d'aller se coucher en n'ayant pas fait ses devoirs. Il ne venait à personne l'idée de discuter ces atteintes aux droits du mouflet, qu'on ne devait inventer que bien plus tard.

Le dimanche, mes parents, enfants uniques, m'affublaient d'une casquette assortie à mes culottes de golf pour aller visiter la parentèle. Au sixième kugelhopf, je demandais grâce. En vain. Car il ne fallait pas vexer ces grands-tantes qui n'exprimaient leur personnalité qu'à travers la pâtisserie. La conversation, aimable au début, dégénérait vite puisqu'on mettait invariablement sur le tapis mes échecs scolaires. Le tribunal familial se montrait alors impitoyable, me citant en exemple des petits cousins de mon âge qui se préparaient à intégrer une grande école tandis que j'étais toujours candidat malheureux au bac. Mon père concluait la séance en prédisant sans nulle envie de plaisanter : « Il finira sur l'échafaud. » C'est dire si j'ai applaudi lorsque Robert Badinter a fait voter l'abolition de la peine de mort. Le retour à la maison était sinistre qui donnait lieu rituellement à la dégustation des restes de la semaine au son du concert symphonique retransmis par la radio depuis le théâtre des Champs-Élysées.

⁂

Mon grand-père était à la fois rugueux et soyeux. Rugueux de caractère et soyeux de profession. Avec pour tout viatique le certificat d'études, il était devenu le prospère « représentant » d'une grande firme lyonnaise. Il me fascinait par son allure : petite barbiche blanche impeccablement taillée et sa richesse vestimentaire qui lui faisait accumuler chapeaux, écharpes de soie, cravates chatoyantes, complets sur mesure et chemises avec monogramme. Ses mains et son parapluie étaient également gainés de noir. Il portait beau et la croix de guerre. Il votait radical, mangeait terroir et, après le décès de ma grand-mère, était tombé sous la coupe d'un essaim de jeunes femmes qui, au nom de la science chrétienne (l'avant-garde des scientologues), lui faisait les poches. Mon grand-père est le dernier rentier vivant de ses rentes. Il avait judicieusement placé des économies, encore peu écornées par le fisc, dans des valeurs distribuant qui de confortables dividendes qui une action gratuite pour deux actions détenues. Il fut aussi longtemps le seul adulte avec lequel je pouvais évoquer – en me les faisant expliquer – les questions économiques et les problèmes de société. Il était l'image même de l'équilibre alors que sa sœur aînée, vieille fille et s'en vantant, se rendait chaque semaine au commissariat de son quartier pour se plaindre de voisins qui, disait-elle sans rire, creusaient des trous dans le mur mitoyen afin de la regarder faire sa toilette.

⁂

Je ne me souviens vraiment de mes parents que dans leur jeunesse. Non que je les aie abandonnés plus tard mais c'est l'image d'eux que je préfère garder. Ils me paraissaient beaux, élégants, actifs. Ils faisaient de nombreux rêves et en réalisaient quelques-uns. La guerre, l'Occupation, les déportations ne les ont qu'en apparence épargnés. À la Libération, ils avaient vieilli subitement et, s'entendant moins, se chamaillaient plus fort. J'étais alors témoin de scènes de ménage qui, chaque fois, me semblaient déboucher sur un de ces drames conjugaux se terminant par l'appel aux pompiers et l'arrivée de police-secours. Je pleurais en les suppliant de se calmer. Pour tarir mes sanglots, ils faisaient semblant de se réconcilier, m'envoyaient me coucher puis reprenaient de plus belle.

Je n'ai découvert que bien plus tard qu'ils s'aimaient comme au premier jour, qu'ils ne pouvaient se passer l'un de l'autre et qu'ils tiraient leur plaisir de ces affrontements quotidiens toujours placés sous le signe d'un divorce qui ne se produisit jamais.

Où je règle mon compte avec ceux qui n'ont pas réglé mon cas

La vieillesse est le contraire de la crémation puisqu'elle vous fait mourir à petit feu. On meurt au détail, comme disait Voltaire, sage entre les sages, qui s'était déjà composé une tête de mort de son vivant. On perd un peu de sa vitalité puis les cinq sens s'émoussent un à un avant que les organes lâchent. On perd sa masse musculaire après sa masse salariale. Chaque matin apporte sa nouvelle panne. À telle enseigne qu'à partir d'un certain âge, compte tenu du déremboursement des frais de santé et de l'augmentation de l'espérance de vie, on s'interroge sur l'opportunité des réparations. Vais-je m'offrir une prothèse ? Est-il indispensable de recourir à la chirurgie esthétique ? Le fameux « Je meurs au-dessus de mes moyens » lancé par Oscar Wilde au patron de l'hôtel des Beaux-Arts venu présenter à l'agonisant « sa petite note » hante les esprits les plus organisés.

En prenant de la bouteille, l'être humain s'use. Or, actuellement, la science ne permet pas de tout remplacer. Certes, les greffes d'organes sauvent des existences mais elles en abrègent d'autres lorsque, dans certains pays, des malfrats spécialisés revendent les reins des malheureux qu'ils ont assassinés dans cet unique dessein.

⁂

En quête de sursis et hypocondriaque, j'ai fréquenté nombre de grands spécialistes identifiables à la hauteur d'honoraires non conventionnés et de rendez-vous à prendre trois mois à l'avance pour les moins sollicités. J'ai appris peu à peu à distinguer ceux qui faisaient de la médecine et ceux qui faisaient de l'argent. Ceux qui conseillaient une opération pour le bien du patient et ceux qui l'effectuaient pour changer leur 4 x 4. J'ai connu les salles d'attente bondées, j'ai vécu les attentes interminables, j'ai consulté les pontes qui vous examinent sans vous voir, les professeurs qui refusent de compter les clients avides d'explications au nombre de leurs élèves, les « docteurs tennis » qui se renvoient comme des balles les malades fortunés. Je me suis mêlé à la cohorte de plus en plus fournie des aînés partis à la vraie recherche du Dr Faust qui leur rendra leur jeunesse. J'ai suivi les avancées de la science dans les revues spécialisées. J'ai vu d'un côté des génies généreux ou des aigrefins incompétents et de l'autre la piétaille des clients, composée de seniors fatigués et fatalistes, incapables d'opposer leur bon sens à l'assurance des praticiens dont le maître mot paraît être devenu « au suivant ! ».

J'ai vu – de plus loin, heureusement – les pauvres gens entrer à l'hôpital avec une infection bénigne et ressortir – parfois les pieds devant – avec une maladie grave. J'ai vu ceux qu'on opérait par routine, par erreur et par appât du gain plus souvent que par l'espoir d'un miracle. Encore qu'une intervention ratée ouvre la voie et le ventre à une autre intervention. J'ai côtoyé aussi les « laissés-pour-compte » de la Sécu, ceux qui, faute de fonds personnels, finissent leur parcours aveugles, sourds et édentés parce que des énarques imbéciles ont édicté qu'on pouvait survivre sans voir, sans entendre et sans manger.

La bêtise des microbes n'arrange rien puisqu'ils n'ont de cesse de détruire l'organisme qui les accueille. On ne nous précise d'ailleurs jamais ce qu'ils deviennent quand ils sont parvenus à leurs fins.

Où je tiens le journal d'un mois que je suis incapable de situer dans le temps

J'ai beau être là pour l'éternité, mon état hybride ne durera pas éternellement. Il en ira de ma conscience comme des ongles, des poils et des cheveux qui poussent durant plusieurs semaines après la mort clinique, puis qui dépérissent aussi.

⁂

Ma dernière demeure me rappelle le premier refuge campagnard que nous avions trouvé ma mère et moi au terme de l'exode et au début de l'Occupation : absence d'eau et d'électricité à tous les étages. Pour le gaz, il est gratuit puisqu'il provient de notre fermentation.

⁂

Le défaut du tombeau ordinaire : il n'y a rien de prévu pour se changer les idées.

⁂

Par peur d'être enterré vivant, Chopin demanda qu'on retire son cœur de sa poitrine. Les victimes des catastrophes aériennes qui finissent en petits morceaux sont dispensées de cette angoisse.

⁂

L'expression « les pauvres morts » ne rend qu'imparfaitement compte de notre triste réalité. Nous ne possédons plus rien que notre sépulture, louée parfois en bail précaire. Les services d'hygiène nous ignorent. La santé publique nous a rayés définitivement de ses préoccupations. L'humanitaire s'arrête à la porte des cimetières.

⁂

Brialy, mon cher voisin, a encore eu droit à un car de touristes. J'ai eu l'impression que certains déposaient de petits bouquets. D'autres prenaient des photos. La jalousie serait-elle le dernier sentiment humain que j'éprouve ?

⁂

Vivant, j'étais assez petit. Sous la pierre, je fais figure de monument. Il y a donc un progrès.

⁂

La Toussaint est le 14 Juillet des morts.

⁂

Au début, la veuve Michard représentait un lien avec le monde des vivants. Après quelques mois, son verbiage sans intérêt me fait de moins en moins regretter d'avoir changé d'univers.

⁂

Je n'ai plus peur de la mort. Je la déplore. Nuance importante mais qui ne change rien à mon affaire.

⁂

J'entends le bruit de la pluie et du vent qui, naguère, me plongeaient dans la mélancolie. Ils n'ajoutent rien désormais à une tristesse plus profonde. Encore un progrès.

⁂

Mon drame tient moins à l'obscurité qu'au fait que je sais que personne ne viendra jamais rétablir la lumière. EDF est passé à côté d'un prodigieux marché.

⁂

Une inhumation à quelques mètres. Au bruit des pas dans l'allée, je déduis que la famille se réduit à quelques parents. Personne n'a pris la parole. En cinq minutes tout était fini. Si le défunt était misanthrope et qu'il fuyait les mondanités, il a dû se sentir comblé.

⁂

Je tends encore parfois l'oreille. Pour renouer avec d'autres étirements, j'attendrai le jugement dernier.

⁂

J'avais un temps envisagé, après avoir vu à la télévision un brave homme que la peur d'être enterré vivant avait incité à mettre au point cet aménagement original, de faire l'emplette d'un téléphone directement relié au conservateur du cimetière. J'y ai renoncé par peur de me mettre à dos le personnel chargé de me garder.

⁂

Est-ce que tous les morts ont la même existence posthume que moi ? Tant de gens cessent d'exister bien avant leur dernier soupir.

⁂

Je surprends la conversation de deux « veuves-pots de fleurs ». Après avoir apporté géraniums et bégonias à leurs défunts, elles vitupèrent l'abandon de certaines tombes qui, à les entendre, tombent en ruines. Comme si une dalle bien entretenue remontait le moral de celui qui se trouve de son mauvais côté, c'est-à-dire dessous.

⁂

L'affligeante preuve que les morts ne font plus partie de la société réside dans le fait qu'ils ne prennent jamais de vacances, ne bénéficient d'aucune subvention, ne sont même pas représentés à l'Assemblée nationale.

⁂

Ce qui continue à m'attrister et à quoi je ne m'habituerai jamais : lorsqu'ils s'éloignent après une courte visite, la famille et les amis continuent à aller déjeuner sans moi.

⁂

Question sans réponse : pourquoi m'a-t-on enfilé le costume tout neuf, commandé six mois plus tôt et livré in extremis – c'est le cas de le dire – par un tailleur qui appréhendait de ne pas être payé, et pas un vêtement usagé qui serait dans le même état aujourd'hui ? Pour le monde que je rencontre…

⁂

J'ai cru reconnaître la voix de ma femme et de mes filles. Dois-je en déduire que j'avais sous-estimé leur affection ou que ça fait déjà un an que je croupis ici ?

⁂

S'agissant des êtres chers qui disparaissent, le verbe perdre relève de la cruauté ou de l'inconscience. Peut-être des deux. On ne lance jamais d'avis de recherche. On les a perdus une bonne fois pour toutes. « Au suivant » comme, entre deux clients, annonçait le cancérologue dont le cabinet ne désemplissait pas.

⁂

Si Dieu est amour comme s'obstinent à psalmodier ses desservants, pourquoi les morts n'ont-ils pas droit au plaisir solitaire ?

⁂

La rumeur enfle sans faire encore de bruit : il y a eu tout à l'heure, tout près de « chez moi », un grand enterrement. Avec photographes et badauds. Autant dire que tout le monde ne pleurait pas. Je me souviens des obsèques d'Édith Piaf qui avaient laissé la moitié du cimetière saccagé et, un peu partout, abandonné des lampes de flash et des canettes de bière. La dignité du trépas n'est garantie qu'aux inconnus et aux pauvres.

⁂

Un couple en reconnaissance maraude dans une travée encore visible dans mon périscope avec micro incorporé. Ils viennent périodiquement s'assurer de la tranquillité des lieux. Et se montrent satisfaits de leur dernier placement immobilier. Mais avec quelques réserves :

— J'aurais préféré le côté ensoleillé, dit monsieur.

— Et moi, renchérit madame qui doit avoir un problème de varices, un emplacement plus près de l'entrée.

⁂

Si j'étais toujours dans le circuit, je créerais une petite société spécialisée dans le gadget funéraire. Avec deux rayons : mise en bière et anniversaire. Torche électrique, transistor réglé sur France Musique dans le premier cas. Et, dans le second, les voix chères, enregistrées une fois pour toutes afin d'éviter les dérangements. Et peut-être un « sac à pleurs » pour relayer les familles qui larmoient moins.

⁂

Une pieuse pensée pour les amis et connaissances qui ont employé leurs derniers instants à prendre congé très poliment. L'humoriste Jacques Veissid qui avait envoyé une lettre de remerciement à toutes les personnes qui l'avaient aidé dans son parcours professionnel. Philippe Clay qui m'avait téléphoné deux heures avant de défunter pour me dire calmement de sa belle voix grave qu'aucune émotion n'altérait : « Tu es le copain que je connais depuis le plus longtemps. Je tenais à ce que tu saches que c'est fini pour moi. »

⁂

On dit que les vrais humoristes sont des désespérés. J'atteste qu'ils le sont quand tout ne va pas encore trop mal. Et je confirme que ça ne s'arrange pas ensuite…

⁂

Que font les hommes en ce moment, au-delà de nos murs ? Ils s'injurient, ils se volent, ils s'étripent. Finalement, je suis à l'abri.

⁂

Parmi d'autres repères de la vie, la mort abolit les saisons et ignore la météo. Deux lacunes qui forcent à évoluer totalement hors du temps si j'excepte la neige qui vient parfois coiffer mon périscope.

⁂

Vacarme nocturne (forcément). J'ai l'impression qu'un nouveau pensionnaire tente de s'évader. Si l'immobilité ne m'en empêchait pas, je lui conseillerais de prendre sa mort en patience.

⁂

Si les morts étaient solidaires et savaient s'organiser, à raison de près de cent milliards depuis le début de l'humanité, ils formeraient le plus colossal des groupes de pression.

⁂

Effet inattendu de la cessation d'exister : je regrette tout ce que je n'aimais pas. À savoir le sport, les nouilles froides, les transports aériens, les femmes laides, la peinture abstraite, le rock et même les cons qui avaient le mérite d'être vivants.

⁂

Le drap sur la figure : la burka du défunt.

⁂

Un nouvel entrant qui ne sortira point. Il est préférable de mourir très malade, pauvre et seul. Comme ça, on n'a rien à regretter.

⁂

La mort aura été la compagne à laquelle j'ai été le plus fidèle puisque, bien que l'ayant détestée, j'ai fini ma vie dans ses bras.

⁂

Il neige. Ce doit donc être l'hiver. Ça ne change plus rien pour moi. Sauf que certaines glissades vont nous valoir des renforts.

⁂

Moi qui n'allais jamais en boîte pour cause de claustrophobie ! Comme paradis, c'est réussi : empaqueté ainsi qu'un vieux colis dont on appréhende les fuites.

⁂

Jolies trouvailles sémantiques que cette fin de vie, substituée au début de la mort, et que cette phase terminale qui confère aux agonisants la juvénilité des candidats au bac.

⁂

Le néant ne fonctionne que grâce à une discipline de fer : pas d'alcool, pas de tabac, pas de drogue, juste un peu d'encens de temps en temps.

⁂

Les hommages de toutes natures font une belle jambe à ceux qui n'en auront bientôt plus puisque le premier souci de la nature est de nous reprendre la possibilité qu'elle nous avait accordée de nous tenir miraculeusement en équilibre sur nos deux pieds.

⁂

Si ces notes atteignent un jour, comme je l'espère, le monde des vivants, j'apprécierais qu'un de mes anciens employeurs me propose une collaboration. Par exemple, une série de reportages vécus (*sic*), publiés sous mon nom et précédés de la mention « de notre envoyé spécial dans l'au-delà ».

Où je choisis pour dernière devise : stabilité, sérénité, éternité

Alors que j'ai eu peur de tout durant ma vie, j'éprouve la sensation nouvelle et rassurante de l'immunité du tombeau. D'abord parce que la loi le dit expressément : « La mort éteint l'action publique ». Je peux donc calomnier, injurier, faire des révélations gênantes sur le compte de tiers encore actifs, je ne risque plus rien. Tout au plus mes cibles pourront-elles traîner en justice mes héritiers dont la main n'a pas guidé ma plume mais palpe les droits d'auteur. J'imagine la plaidoirie de leur avocat devant la XVIIe chambre correctionnelle de Paris : « Monsieur le président, le responsable désigné de ces écrits ayant disparu longtemps avant leur publication, il doit s'agir d'un plagiat ou d'un pastiche. Vous n'allez pas condamner un fantôme. » Avec la relaxe qui s'impose. Et le titre dans un quotidien ami : « Bouvard continue à gagner ses procès ».

⁂

Ma sérénité tient ensuite à la stabilité du microcosme qui m'a accueilli. On n'est plus menacé de perdre sa place sur un coup de tête ou après un changement de dirigeant. On fait partie du paysage avec l'assurance d'éviter les déménagements, les changements d'école pour les enfants, les réinsertions parfois difficiles dans des milieux hostiles. Ici, il n'y a plus d'ennemi, plus de concurrent puisque nous sommes tous logés à la même enseigne. Tout au plus existe-t-il une légère rivalité entre notables et piétaille, entre connus et anonymes. Mais les années effacent vite les réputations et les mérites. Si, à trois caveaux du mien, une statue de Poilu évoque le sacrifice d'un brave tombé au chemin des Dames, personne ne s'arrête plus pour lui rendre hommage. Dorment ici pêle-mêle des commerçants qui furent riches, des politiciens que l'on porta au pinacle, des artistes que l'on adula, unis dans l'oubli qui, autant que la terre, recouvre les générations passées. Les seuls privilégiés sont ceux auxquels la famille a offert leur portrait. Ils donnent l'impression d'avoir été plus vivants que les autres et de ne pas avoir complètement disparu. À ce propos, je souhaiterais que, dans les rubriques nécrologiques des journaux de province, on cesse de publier les photos très anciennes et rigolardes des fraîchement défunts qui tendent à faire croire qu'ils ont tous été fauchés en pleine jeunesse par un fou rire. De même, rien n'est plus ridicule et dérisoire que d'ajouter à l'âge l'année en cours afin de prolonger d'un millésime le parcours terrestre. Comme s'il était aussi glorieux d'avoir résisté aux microbes qu'en d'autres temps à l'Occupation.

⁂

Je suis d'autant plus à l'aise dans mon dernier domicile connu qu'avant de l'occuper, j'étais venu le reconnaître. Étrange cité dont le règlement limite l'usage des déplacements motorisés aux morts, où le nombre d'habitants s'accroît chaque année sans que les pouvoirs publics augmentent les équipements collectifs. Larmoyant univers où faux chagrins et vraies peines s'entrecroisent, où se terminent les vieilles carrières, où commencent les jeunes ambitions.

On ne donne du trépas qu'une image réductrice. En oubliant que chaque cessation de vie met fin à tous les problèmes – médicaux, matériels et sentimentaux – de l'intéressé. Le remède absolu. La panacée de tous les maux. On n'a jamais trouvé mieux. Et puis, au fil des siècles, les conditions du grand départ ne se sont-elles pas améliorées ? Certes, nous sommes tous des condamnés à mort mais l'être par Dieu et non par les hommes permet d'être chouchouté jusqu'au dernier soupir.

Enfin, une fois allongé sous la pierre, on peut considérer que le plus dur est passé. Que pourrait-il encore m'arriver, en dehors d'une inondation ou d'un séisme ? Or, la Seine est loin et, dans mon environnement actuel, les hommes trébuchent plus souvent que ne glissent les terrains…

Où, désormais certain de l'impunité, je passe aux aveux les moins doux

Mes biographes – s'il s'en trouve – attesteront que mes errements ont été brefs et mes fautes vénielles puisque mon casier judiciaire est resté vierge jusqu'au dernier jour alors que j'avais, à plusieurs reprises, frisé la correctionnelle.

J'entends profiter d'un état qui me met à l'abri de toute peine plus cruelle que celle que j'endure pour passer aux aveux les moins doux. À douze ans, j'ai gardé pour en faire profiter les manèges d'autotamponneuses le produit de la vente des journaux du lycée dont on m'avait chargé. Heureusement, mon père a remboursé. À quatorze ans, j'ai failli céder aux avances (en espèces) d'un riche pédophile. Heureusement, il était vieux et moche. À dix-huit ans, j'avais rencontré au bois de Boulogne où elle s'égarait parfois à la nuit tombée dans les fourrés avec des amis de rencontre une très jolie jeune femme. Non contente de m'avoir accordé gracieusement ses faveurs, elle me comblait de petits cadeaux. Lorsque je la quittai afin de satisfaire à mes obligations militaires, elle m'envoya chaque semaine durant six mois un mandat d'un montant confortable. J'étais devenu proxénète sans m'en apercevoir et sans connaître le mot. Heureusement, comme ma première permission tardait, elle s'entícha d'un vrai marlou.

⁂

J'ai assuré à de nombreuses personnes d'un sexe, toujours opposé et parfois antagoniste, qu'elles faisaient battre mon cœur alors que l'épicentre du phénomène se situait beaucoup plus bas. J'ai utilisé pour rompre des liaisons très brèves la formule « Nous sommes arrivés au bout du chemin » avec l'espoir qu'elle dissimulerait une goujaterie foncière sous une poésie de bazar. J'ai poussé l'hypocrisie jusqu'à garantir mon dévouement éternel à des quidams que j'aurais laissé dès le lendemain crever la gueule ouverte. J'ai donné parcimonieusement aux œuvres caritatives sous prétexte qu'elles secouraient surtout les organisateurs de quêtes dans le besoin. J'ai fait chorus avec les bons apôtres. J'ai hurlé avec les loups. J'ai fait des compliments dont je ne pensais pas un mot. J'ai traîné dans la boue des gens pour lesquels j'avais de l'estime. J'ai protesté de mon désintéressement auprès d'employeurs que je souhaitais plumer.

Je m'accuse aussi d'avoir conduit à tombeau ouvert des bolides qui sortirent parfois de la route sans dommages pour moi. Je reconnais avoir menti à des femmes, à des professeurs, à des lecteurs, à des amis et à d'autres. J'ai perdu des fortunes au jeu, j'ai englouti des tonnes de nourriture alors que depuis longtemps l'appétit me motivait davantage que la faim. Pis : je dois avoir une involontaire part de responsabilité dans la fin dramatique d'une chroniqueuse talentueuse que j'avais remplacée et dans l'explosion d'une voiture de sport que j'avais revendue à un praticien bordelais auquel j'avais omis d'expliquer qu'il n'était pas prudent de vouloir faire une soudure près du réservoir d'essence et qui paya de sa vie ce défaut d'information. Je ne dramatise pas pour autant. Si je ne m'étais pas mêlé à leur vie, ces braves gens l'auraient perdue autrement.

⁂

Les propos que je surprends de temps en temps au-dessus ou à proximité de ma dalle ne me font pas regretter ma mutation. Les gens qui n'ont rien à dire d'intéressant aux vivants ne se montrent pas plus inspirés lorsqu'ils visitent les morts. Leurs principaux échanges concernent l'identification de la maladie – forcément mortelle – qui a emporté une personne de connaissance. Et l'âge qu'elle avouait lorsqu'elle a succombé. Comme si ça changeait quoi que ce soit. On ne m'ôtera pas de l'idée qu'il s'agit d'une curiosité strictement morbide. À quoi bon reconstituer un cursus sanitaire si la médecine a fini par baisser les bras ?

Tout est désespérément futile. Les anecdotes dérisoires ont remplacé les lamentations des premiers jours. On vient pour me voir mais sans penser vraiment à moi. Je ne suis qu'un prétexte de déplacement, un lieu de retrouvailles. J'attends vainement qu'un ancien employeur fasse également le pèlerinage et me propose – à tout hasard et à mi-mot – une collaboration. Savent-ils que je pourrais rendre encore des services ? Mais non… ils me croient complètement mort. Si ce livre sort du caveau d'abord, de l'imprimerie ensuite, j'en connais quelques-uns qui vont être bien surpris et qui, pour prendre le train du succès en marche, n'hésiteront pas à se prévaloir de clause d'exclusivité que je ne serai pas capable de démentir.

⁂

Ce matin, un petit orchestre accompagnait l'inhumation d'un nouveau venu. Harmonieux mais pas très dansant. Or, j'ai beaucoup aimé la danse à l'époque où elle permettait de tenir entre ses bras une femme qu'on ne connaissait pas cinq minutes plus tôt. Des intimités prometteuses s'instauraient ainsi en quelques instants. Il fallait être agile des pieds et pas manchot des bras. Si ça ne marchait pas, au slow suivant, on tentait sa chance auprès d'une autre dame. J'étais assez petit et très jeune. Un copain, plus âgé, m'avait averti : « Si une mémère refuse ton invitation en alléguant qu'elle ne danse pas avec un enfant, tu t'excuseras courtoisement en disant : Pardonnez-moi mais je n'avais pas remarqué que vous étiez enceinte. »

C'était le bon temps.

Où je m'enorgueillis de ressembler enfin à Flaubert

Je répugnerais à l'avouer s'il n'y avait que peu de risques que cette confidence tombe sous des yeux pas encore fermés : la télévision me manque ! Sur terre, je la regardais peu ou pas du tout. Dessous, si je l'avais prévue dans mon aménagement intérieur, elle aurait pu être ma dernière compagne. Je maudissais les émissions racoleuses, la téléréalité, les débats stériles. Je maintiens mon jugement. Sauf qu'ils ouvraient une fenêtre sur la vie, ouverture qu'on doit avoir tendance à apprécier davantage lorsqu'on est exclu de l'époque. Je me console en songeant que si j'avais fait installer le dispositif adéquat, l'impossibilité – faute de doigts – de toute intervention manuelle me condamnerait à ne regarder qu'une seule chaîne sur la centaine que j'avais jadis à ma botte. Autant dire la monotonie, la routine, l'ennui auquel tout me ramène et qui donne au plus fugace instant une dimension d'éternité.

Peut-être faudrait-il créer une chaîne pour les défunts – mais quels annonceurs accepteraient-ils de la financer ? – avec bulletins d'infos pour rester au courant de ce qui se passe au-delà de nos murs et concerts classiques pour favoriser la méditation en nous faisant oublier nos tragédies en vers. Car s'il peut exister une vie culturelle prenant racine au milieu des pissenlits, elle ne saurait ressembler à celle qui nous donnait bonne conscience lorsque les médiocres prestations des écrivaillons vivants nous détournaient des fulgurances des génies disparus.

Interviewé sur mon souhait le plus cher après la parution d'un petit roman, j'avais déclaré sans crainte du ridicule que j'aimerais ressembler à Flaubert. C'est fait. Sauf que lui compte déjà quelques décennies de caveau. Et moi, seulement quelques semaines.

⁂

S'agissant des transformations subies par un corps que touche ce que les cuistres appellent la « corruption du tombeau » (Qu'attend-on pour traîner en justice les vilains corrupteurs ?), il me semble que les quelques prothèses que je m'étais offertes pour mes derniers anniversaires résistent mieux que la chair, si traditionnellement faible. L'homme bionique qu'on nous promet avant la fin du siècle ne se décomposera plus : il rouillera. À condition que sa longue, très longue retraite, lui permette la succession d'échanges standards, pas à la portée de toutes les bourses.

Je me souviens d'avoir consulté, à un âge plus que mûr, un éminent spécialiste de la chirurgie réparatrice. Il avait mis en parallèle mes grandes ambitions et mon petit patrimoine avant d'émettre cette fin de non-recevoir :

— À votre place, je ne me presserais pas. Attendons…

Attendre quoi ? Que j'aie gagné au Loto ? Que la science ait fait plus de miracles que la religion ? Ou que mon dernier souhait se soit transformé en vœu pieux surmonté d'une croix. Nous y voilà. Rafistolé, je serais sans doute là où je suis. Mais je n'aurais pas économisé le petit capital transmis au fisc et à mes proches.

⁂

À cet égard, je garde un souvenir attendri de la réunion chez le notaire de famille qui suivit mon départ. Le tabellion, comme disait mon grand-père, s'éclaircit la voix avant de déclarer que je n'avais laissé aucun testament. C'était vrai. Par superstition, je n'avais déposé entre ses mains que la notule prévoyant les aménagements intérieurs de mes deux mètres carrés. Il paraît que la plupart des gens non seulement rédigent un testament mais encore en font plusieurs, avantageant celui-ci, déshéritant celui-là au gré des fantaisies, des engouements et des humeurs. Le législateur, plus porté à satisfaire les vivants susceptibles de voter pour lui que les morts qui ne participent aux scrutins qu'en Corse, s'est vu contraint de prévoir qu'un tel document paraphé sous l'emprise de la colère (*ab irato*) pouvait être attaqué, voire annulé. Moi, si soupe au lait, je ne connais plus nulle irritation. Philosophe et fataliste, je me garde bien d'émettre un jugement moral sur les petitesses qui déchirent les familles faisant plus facilement le deuil d'un « aîné » (le mot est nouveau dans la phraséologie ministérielle mais je l'aime bien) que de son patrimoine. Aucune réaction sur les visites que le temps espace, le manque d'entretien dont souffrent sans jamais se plaindre les occupants de nombreuses sépultures ; les critiques qui constituaient à la fois le fond de mon caractère et mon fonds de commerce sont passées à la trappe en même temps que moi. Paradoxalement, je vois le monde de plus haut depuis qu'on m'a placé plus bas que lui. Je demeure néanmoins agacé par les affrontements verbaux, idéologiques, toutes ces guerres entre vivants. Que ne se trouve-t-il une nouvelle autorité morale pour les réunir autour de nous dans le décor grave et serein d'une nécropole pour leur rappeler que, puisque nous finirons tous refroidis de la même manière, la chaleur humaine s'impose jusque-là et qu'il convient de se serrer les coudes tant qu'on en possède encore.

Où une vie d'adulte se déroule entre cabriolets et corbillard

J'ai beaucoup aimé les véhicules motorisés. Surtout ceux qui auraient pu hâter ma fin. Pendant des années, j'ai conduit à tombeau ouvert avant de prendre mes distances avec le champignon le plus vénéneux de la création. Mon existence aura été davantage jalonnée par des voitures que par des êtres bien que, dans ma mémoire, les premières soient parfois associées aux seconds. Ainsi ne puis-je évoquer mon père sans le séparer de l'antique « Citron » qu'il pilotait à grande vitesse (surtout dans les descentes). L'engin se distinguait par un thermomètre placé à l'avant du capot, par des petits rideaux aux vitres et par des minuscules vases en faux cristal accrochés à l'intérieur et destinés à accueillir des fleurs artificielles qu'on n'acheta jamais.

⁂

Entre ce premier véhicule parental et le dernier symbolisé par le corbillard des pompes funèbres, il y eut à peu près toutes les marques et toutes les cylindrées. Encore aujourd'hui où je me suis aussi rangé des voitures que retiré des affaires sexuelles, je compare les femmes dont certaines avaient beaucoup roulé et les cabriolets dont, à l'arrêt, je caressais les courbes avant de m'installer au volant sans démarrer, uniquement pour humer le parfum du cuir. Il existait une grande similitude dans les rapports que j'avais avec les unes et les autres : coup de foudre initial propice à toutes les folies (abandon de famille et chèque sans provisions) ; entrée en possession jouissive ; voyages de noces et sorties afin d'exhiber sa conquête ; premières pannes ; lassitude ; désamour ; divorce ou revente. Parfois la séparation se passait mal. Surtout avec les modèles harassés dont je continuais encore à payer les traites alors qu'ils étaient déjà à la casse. À deux reprises, il est arrivé qu'un malencontreux court-circuit me contraigne à regarder brûler ce que j'avais adoré.

Le charme opérait dès la première rencontre : que ce soit dans un garage ou dans un cocktail, le prochain objet du désir déployait ses séductions, usant de ses fards (écrivez le mot comme vous voulez, moi je dicte phonétiquement), se montrant sous l'angle le plus favorable, faisant valoir des accessoires aussi variés que le collier de perles ou la climatisation. Aucune n'affrontait les regards sans s'être fait longuement bichonner. Les plus endommagées étaient passées chez le chirurgien ou chez le carrossier. Certaines s'enorgueillissaient de pneus neufs, d'autres d'escarpins sortis de chez le chausseur. Certaines m'ont abandonné en pleine lune de miel sous prétexte que, droguées à la réparation, il leur manquait un joint. On avait également le choix entre plusieurs options concernant la couleur de l'habillage, les ordres au compagnon ou au conducteur, toujours distillés par une voix féminine très autoritaire. Sauf qu'avec les voitures, il fallait attacher sa ceinture alors qu'il convenait de la détacher avec les dames et que les collectionneurs s'entichaient de très anciens modèles, alors qu'excepté un photographe mondain ayant défrayé la chronique dans les années 2010, aucun potentat du Moyen-Orient n'a disposé d'un harem de centenaires. Longtemps après m'être séparé de ma dernière Ferrari, je reconnaissais encore les yeux fermés le vrombissement de son moteur. Dans les tunnels, c'était du Mozart.

⁂

Pardonnez-moi ces retours en arrière et ces fuites en avant. Si je ne les pondère pas, c'est pour prouver combien il est peu probable que, lorsqu'on n'avait pas perdu l'esprit avant, il vous quitte soudainement après, même si des milliards de neurones se déconnectent par suite du manque d'oxygène. Il ne faut pas tout mélanger. La chimie lourde n'a rien à voir avec l'âme qui, paraît-il, pèserait sept grammes.

Où je déplore que les pauvres morts n'aient plus aucune autorité de tutelle

Si je n'avais pas une fâcheuse tendance à être confondu avec le néant, j'ouvrirais bien un cabinet de conseil. Pourquoi ne ferais-je profiter personne de cette sagesse venue sur le tard, de ces expériences dont la diversité et la multiplicité garantissaient que j'étais apte à me pencher sur tous les cas ? De quel droit dirais-je à ceux auxquels je pourrais être utile : « Nous n'appartenons plus au même monde. Passez votre chemin » ? Bien sûr parfois, ça grouille un peu. Le ver n'est pas que dans le fruit. En fait, tout dépend des complexions. J'ai connu un anorexique qui n'avait plus que la peau sur les os. Dans son caveau, les rats ont dû également mourir de faim.

⁂

Je fanfaronne. Mais avant de l'accepter puis de la vivre, j'ai eu une peur panique de la mort. Peut-être parce qu'on la décrivait comme la fin alors que, rien que dans le domaine des engrais, c'est le recommencement. Question subsidiaire : est-ce qu'un homme réputé cultivé fait pousser davantage de légumes qu'un fruit sec ? Où y a-t-il, biologiquement comme socialement, une grande égalité ? Ni riches, ni pauvres, tous arrachés de la même manière par la grande faucheuse. Tous dépossédés complètement. À tous, on a fait les poches avant de les faire passer d'ici-bas à ici plus bas puisqu'on chercherait en vain sur eux le plus petit billet de banque. Alors que les anciens Grecs leur laissaient l'obole qui détournerait l'attention du chien Cerbère lorsqu'ils passeraient le Styx. Ou comme les anciens Égyptiens qui ne laissaient pas partir leurs morts sans nourriture pour la route et papyrus érotiques pour les nuits suivantes.

Un pays qui traite ses défunts par le dédain et à la va-vite ne sait plus vivre. Quand je pense qu'il y a toujours un ministère des Anciens Combattants et qu'il n'existe même pas un secrétariat d'État aux Disparus dont le nombre s'accroît en même temps que la natalité ! Car la meilleure façon d'assurer une petite postérité à des anonymes consisterait à les faire bénéficier des avantages qui permettaient de les mener par le bout du nez lorsqu'ils possédaient encore cet appendice, par exemple des décorations attribuées à ceux qui ont bien servi leur pays et leur profession sans voir leurs mérites reconnus de leur vivant. Ces promotions à titre posthume répareraient bien des injustices. On créerait également un grand prix littéraire récompensant un « écrivain funéraire » (je suis bien placé...). De même, parallèlement à la Toussaint, rendez-vous triste qui ne profite qu'aux vendeurs de chrysanthèmes, on pourrait instituer un hommage plus festif avec concerts et spectacles dans les cimetières. Et, à l'image de pays où le trépas ne rompt pas les relations avec les disparus mais les transforme. Je pense à Haïti où, dit-on, les familles s'en viennent, une fois l'an, retourner physiquement leurs disparus afin qu'ils ne s'ankylosent pas trop. Certes, je ne suis pas convaincu que tous ceux qui nous ont quittés, et qu'en fait nous avons abandonnés, profiteraient de cette liesse. Je dois représenter, à mon degré de conscience et de revendication, un cas limite mais il y aurait là un beau geste des remuants à l'égard des immobiles perpétuels.

Où faute d'avoir de la lecture, je me raconte des histoires

Sans l'ennui, mon état me semblerait plutôt enviable, délivré de problèmes et d'obligations. Je sais – je l'ai déjà dit – j'insiste… Mais la gestion d'un temps qui ne finira jamais se complique par la disparition des repas que je saute désormais après leur avoir si longtemps consacré au moins trois heures par jour. De même, la mise à la retraite définitive est difficile à supporter pour quelqu'un qui avait fait du travail son principal ressort.

Là encore, je déplore un manque d'entraînement et de préparation. Alors que je ne prenais jamais une semaine de congés sans emporter une demi-douzaine de romans, j'aurais dû logiquement me constituer une bibliothèque pour affronter l'éternité. Je n'y ai pas songé. Faute de lire, j'écris. C'est-à-dire que je dicte avec l'espoir que, selon nos conventions, le directeur littéraire de Flammarion viendra périodiquement récupérer mes cassettes.

⁂

Lorsque l'inspiration ou les souvenirs me font défaut, je m'occupe afin de tuer le temps qui a fini par m'assassiner. Je me récite la table de multiplication ou les fables de La Fontaine. Pour rompre avec la grisaille et la monotonie, j'ai institué, avec une périodicité qui m'échappe puisque j'ai perdu la notion du temps, une « séance de rigolade ». L'exercice consiste à ne plus activer que les souvenirs allant du drôle à l'hilarant. Il suffit d'embrayer sur un canular, sur des péripéties burlesques et me voilà parti à retricoter d'anciens fous rires en tirant sur le fil de mes souvenirs comme sur une vieille pelote de laine. Avec une différence notable : je m'amuse autant des situations et beaucoup moins des mots. Les pirouettes verbales qui m'enchantaient me laissent froid. Preuve qu'on évolue même dans le néant. J'hésite à employer ce terme s'agissant de ce qui est, à des moments indéfinis, mon purgatoire. Mon électroencéphalogramme n'est pas uniformément plat mais l'activité cérébrale est loin d'être continue. Peut-être n'est-ce qu'une illusion de pensée mais le fait de croire qu'on pense encore constitue un vrai vestige de vie intérieure.

De mes cinq sens, il doit également me rester l'ouïe et la vue lorsqu'elles passent par mon petit périscope sonorisé. En revanche, je n'ai plus aucun odorat. Et sans doute est-ce préférable. Au-delà de ces perceptions atténuées ou annulées, c'est toute mon échelle des valeurs et des références qui a changé. Mes phares ne sont plus Mozart ou Molière qui m'ont donné tant de plaisirs mais la veuve Michard dont la visite quasi quotidienne (mais peut-être ne vient-elle que tous les mois) m'offre le seul lien avec le monde des vivants. Cette disparition de la perception exacte du temps me rappelle le vieux chien qui a partagé ma vie durant quinze ans. Que je revienne à la maison après deux heures d'absence ou un mois de vacances, il me faisait la même fête. Dans quel état est-il aujourd'hui, ce pauvre bâtard, créature du bon Dieu auquel la sainte Église apostolique et romaine refusait une âme alors qu'il était plus vertueux, plus honnête, plus fidèle que ces millions de bipèdes admis d'office dans le saint des saints ?

⁂

J'en profite pour signaler que mes relations avec la religion et ceux qui en vivent ne se sont pas améliorées. Je les observe encore parfois lorsque, dans ma travée, ils viennent donner un ultime coup de goupillon à un quidam qui n'en a que faire et dont l'accès au paradis semble être le dernier souci. Cela dit, si je ne suis pas la proie d'un cauchemar, ces divagations n'apportent-elles pas la preuve que l'au-delà existe ?

Où il apparaît que j'avais un bon fond avant d'être dans le trou

Je ne me suis pas avisé tout de suite que mon histoire personnelle finirait mal, que personne n'y pourrait rien et qu'alors que je commençais à toucher les dividendes d'une longue occupation du terrain, il me faudrait le dégager. Jusqu'à ce qu'elle me rattrape, mes rapports avec la mort avaient été distants. À dix ans, j'y pensais parfois mais sans trop y croire. À vingt ans, elle ne concernait que les autres. À cinquante, lorsqu'elle était devenue une éventualité, j'ai commencé à boire mes vieux bordeaux. À soixante, je l'ai considérée comme un début de certitude. À soixante-dix, j'étais persuadé qu'on mourrait comme des chiens puisqu'à ce moment-là, on ne se montrait pas plus intelligent qu'eux.

Tout cela demeurait cependant très abstrait. Ne serait-ce que parce que j'avais vu très peu de morts – mes parents – et jamais aucun sur la voie publique où l'on cachait toujours le cadavre d'un accidenté sous une couverture avant que j'arrive. De même, ma mise en bière a été ma première expérience du genre. Vue de l'intérieur, elle n'était pas plus gaie que celles que j'avais évitées.

Les dernières années, l'idée de la fin inéluctable me poursuivait partout. Au point que je ne pouvais pas voir un contemporain, sans penser qu'un jour il n'existerait plus. J'avais pris également du recul avec les enterrements, imaginant, toujours à la dernière minute, un prétexte pour m'en dispenser puisque l'ami disparu ne pouvait être mis au courant de mon absence et que je ne rencontrerais, par définition, que des seconds rôles. Pour le mien, il n'y avait pas d'échappatoire. Non seulement, j'étais disponible. Mais je n'avais plus que ça à faire.

Sur le statut de défunt, je ne me posais pas plus de question que je n'imaginais les siècles de siècles passés sans bouger sous terre, moi qui avais arrêté les massages parce que je ne supportais pas une heure d'immobilité. Pendant des décennies, j'ai répété assez bêtement « après tout, on n'a qu'une vie » sans rien faire pour mieux la remplir ou la préserver. Mes révoltes – plus que mes curiosités – concernaient les approches de la fin dont les autres acceptent généralement mieux la perspective que le principal intéressé.

Entre-temps, et à force d'accumuler de plus en plus bêtement les anniversaires qui consistent à fêter joyeusement l'approche du grand naufrage, j'étais devenu vieux. Mais je niais la vieillesse en prétendant mener une vie de jeune homme. Hélas ! on ne trompe pas la camarde en continuant à travailler après l'échéance normale. Elle connaît par cœur l'état civil de ses clients. On peut éviter le couperet de la retraite mais on n'échappe pas à celui d'une nature que le Créateur a souhaitée en perpétuel renouvellement.

⁂

L'achat d'une sépulture suivit logiquement. Pas facile à Paris où la mairie consultée me répondit sur un papier à en-tête du « service des déchets », que l'on m'inscrivait sur une liste d'attente dont j'avais lieu de supposer qu'elle n'était pas uniquement composée d'usagers pressés. Par la voie normale d'une tractation immobilière sans autre recommandation que celle d'une liasse de billets à l'effigie d'une République faisant feu de tout trépas, j'obtins satisfaction. Dans un cimetière parisien bien placé, central, seulement troublé par le passage de quelques trains de marchandises. Ensoleillement garanti, nombre de mètres carrés réglementaires, durée du bail illimitée pour le prix – finalement modeste – d'un placard à balais sous les toits d'un immeuble du XVIe.

La domiciliation réglée, j'oubliai sa finalité. Mieux : je l'évacuai par une frénésie de vivre qui ne me laissait plus le temps de m'intéresser à aucune disparition. Seule me rappelait à l'ordre la lecture des avis de décès. Grâce à des *de cujus* de plus en plus âgés, je me délectais des statistiques de plus en plus prometteuses en matière d'espérance de vie. Bref, je connus une allégresse qu'éprouvent rarement les héritiers septuagénaires dont les vieux parents se cramponnent. La science n'était pas en reste qui se proposait de me transformer en centenaire. Le malheur a voulu que je quitte cette vallée de larmes rapidement asséchées avant qu'un nouveau docteur Faust ait mis au point et commercialisé l'élixir d'immortalité.

Pour l'heure, les caisses de retraite doivent s'ingénier à ralentir les recherches de la même façon que les pétroliers avaient racheté les brevets du moteur à eau. Mais, pendant les travaux, l'hécatombe continuait. À l'initiative meurtrière individuelle s'ajoutaient souvent des catastrophes naturelles dépassant les cent mille victimes et des crashs de gros-porteurs ayant entraîné l'édification dans les grands aéroports de chapelles ardentes trois fois plus vastes que précédemment. Les progrès de la natalité ont aggravé le phénomène puisqu'il ne saurait y avoir davantage de vivants sans qu'on déplore, à terme, plus de morts. Or, cette pandémie à laquelle personne n'a jamais survécu depuis la nuit des temps ne soulève aucune réaction. Pas de déclaration solennelle des organisations internationales, aucun défilé protestataire, nulle menace de grève. La résignation et le fatalisme dominent.

⁂

Les religions poussent à l'immobilisme à coups de sornettes invérifiables : vie après la vie ; enfer et paradis ; résurrection et jugement dernier ; immortalité de l'âme et messie ; saints et bienheureux. Au lieu de quoi, je rêve d'une grandiose manifestation qui, à Paris, allant du cimetière de Passy au Père-Lachaise, réunirait toutes classes sociales et générations confondues, des porteurs de milliers de pancartes proclamant « Non à la mort ! » ; « Nous voulons vivre ! » ; « Fauchons la faucheuse ! ». En tête du cortège marcheraient cent centenaires choisis parmi les plus ingambes. Du coup, des hommes politiques et des partis feraient campagne pour le CDI d'existence en votant des crédits exceptionnels consacrés à la distribution gratuite de jouvences. De même, si un macchabée célèbre et récalcitrant avait eu l'idée de fonder un « syndicat des défunts », je suppose qu'il exigerait un jour de sortie par semaine, une permission de minuit par mois et des vacances sur le lieu de la villégiature estivale d'une famille qui, à cette période, a davantage de loisirs pour venir visiter ses morts mais s'en éloigne.

Conscient du risque de ne pas convaincre par manque de forme humaine, Jésus n'a attendu que trois jours pour revenir en force en ayant seulement substitué le treillis de jardinier à la toge du prédicateur. Pas fou le messie. On avait eu le temps de le pleurer, pas celui de lui désigner un successeur, ni de distribuer ses paraboles aux téléspectateurs des quartiers défavorisés. Or, je dois le confesser : l'idée de Dieu, si souvent invoquée au moment du grand passage, n'est plus omniprésente dès lors qu'on se retrouve de l'autre côté sans pour autant être assis à Sa droite. Car Dieu a laissé la nature, sans intervenir en notre faveur, poursuivre son œuvre habituelle qui ne va guère dans le sens de l'immortalité. Certes, certains saints bénéficient de logements plus spacieux et d'une conservation quasi miraculeuse. Mais ils n'habitent pas nos nécropoles où les rares vedettes se nomment Marguerite Gautier ou Édith Piaf.

Reste la prière. On pourrait y sacrifier plusieurs heures par jour sans soleil mais que demanderait-on ? Le paradis ? Il ne s'obtient, comme la Légion d'honneur, qu'à condition de ne pas le solliciter. L'enfer ? Pour renouer avec ses compagnons de débauche ? Et puis les températures qui y règnent, l'apparentent à une seconde crémation.

⁂

Au milieu de cet océan d'interrogations sans réponses, une certitude : la méchanceté des vivants à l'égard des morts. Pour preuves : la célérité avec laquelle – surtout dans les pays chauds – ils se débarrassent de cadavres sarcastiquement baptisés dépouilles. Et le nombre d'autopsies qui consistent à mutiler des corps qu'on ne ramènera pas pour autant à la vie. Tout cela sent l'agacement et l'exclusion définitive : vous n'êtes pas capables de respirer, alors du balai ! Les pieds devant et à six pieds sous terre vous n'intéressez plus que les marbriers.

De même les médecins se détournent avec gêne de ceux qu'ils n'ont pas su guérir. Les chercheurs demandent quelques décennies de plus pour trouver des remèdes. Les prêtres ne se précipitent pas pour rejoindre leur employeur. Les statisticiens chiffrent avec effroi le surcoût de la longévité. Les épidémiologistes marmonnent qu'on n'éradiquera pas un fléau sans qu'un autre apparaisse, encore plus virulent.

⁂

Assez divagué pour aujourd'hui qui ressemble si fort à hier et qui préfigure demain. Je vais dormir. Sans pouvoir me retourner à la recherche de draps frais comme je le faisais voluptueusement au bon temps d'un sommeil souvent interrompu. Futile, anecdotique. Mais révélateur : dis-moi ce qui te manque sous terre et je te dirai qui tu as été dessus.

Où, après une permission de sortie ratée, je reviens pour faire la fête

Preuve qu'il y a pire que d'être comme je suis là où je suis : j'ai cauchemardé. Pour le vingtième anniversaire de mon incarcération (en fait, précédemment, j'étais déjà prisonnier d'un corps dont je ne sortais qu'en pénétrant dans d'autres corps), le conservateur en chef des cimetières parisiens m'avait délivré une autorisation temporaire de sortie. L'horreur : tout avait changé et pas en bien. Un TGV avait remplacé la ligne d'autobus ; ma femme était remariée ; mes enfants avaient divorcé ; mes arrières-petits-enfants venaient d'être admis à faire valoir leurs droits à la retraite ; toutes les boutiques avaient disparu sans que je sache s'il s'était écoulé plus d'années que je le supposais ou si une grande crise avait accéléré le turnover du commerce de détail ; mon ancienne maison abandonnée, difficilement identifiable faute d'une plaque rappelant que j'avais écrit entre ses murs durant trente ans la majeure partie de mon œuvre (je plaisante !). À perte de vue, plus une tête connue. Aucune raison de s'attarder.

Je suis rentré très vite au bercail par les arbres qu'on avait replantés un peu partout, sans doute à l'initiative d'un pouvoir écolo.

⁂

Après quoi, ayant réintégré mes deux mètres carrés, j'ai décidé de faire la fête. En mon for intérieur. Avec comme invités des amis eux aussi disparus. Beaucoup d'anciens journalistes, d'anciens politiciens. Rien que des « ex » puisqu'ils avaient déjà perdu leur situation avant la vie. Bonne ambiance. Nous avons égrené des souvenirs, chanté *a capella*, raconté des histoires de fantômes. Y avait-il des femmes ? Je ne saurais préciser. Notre monde est complètement asexué. Et pour cause : entre squelettes, les histoires de fesses n'existent pas. On n'est plus homme ni femme : on est mort. Sur terre, les couples se forment. Sous terre, ils se déforment. Plus de vêtements, plus de chair : des os. Mais des os qui évoquent souvent les anciennes apparences. D'abord dans les proportions (un géant ne se transforme pas en nabot). Ensuite dans certaines expressions. Les coincés et les rabat-joie sont toujours aussi sinistres. Les rigolos tressautent parfois. S'ils avaient la place, ils danseraient mais l'affreux couvercle est là qui nous renvoie sans appel vers un enfer bas de plafond.

Dernière différence de nos fêtes : on ne mange plus, on est mangé. Ça modifie considérablement l'atmosphère et le service. Et pourtant, le croiriez-vous, il y règne une véritable ambiance née d'une obscurité fantasmatique et d'une chaleur diffuse entretenue par le degré géothermique. Comme dans les réceptions mondaines en fin de soirée, des ombres passent, les propos deviennent indiscrets. L'avantage, avant que les derniers invités soient partis, c'est qu'on est déjà couché et qu'on est à l'abri de la gueule de bois le lendemain matin.

J'aimerais aller plus loin : inviter les locataires des autres travées, faire connaissance, échanger nos épitaphes. Las ! il me faut revenir à la raison : la mort engendre la promiscuité mais pas la proximité.

Où il est question d'amour sous différentes formes qui ne sont pas toujours les plus romantiques

Avant d'être définitivement calmé, j'ai eu une vie sexuelle presque aussi longue que la vie tout court. C'est-à-dire commencée tôt et finie tard. Quantitativement : satisfaisante. Qualitativement : c'est une autre paire de testicules.

Des plaisirs solitaires frénétiques jusqu'aux voluptés à deux plus hypothétiques. Avec des femmes toujours différentes sauf qu'elles avaient en commun de vouloir bien coucher avec moi. Je dois à la vérité de préciser qu'il y a eu, au fil des années et des rencontres, plus de coups de reins que de coups de cœur. Cela aura été ma quête du Graal. Une quête éperdue. Des Graal qui s'offraient dès le premier soir ou qui faisaient des manières ou qui, ne me trouvant pas à leur goût, passaient leur chemin. Des blondes, des brunes. Pas de rousses auxquelles je trouvais une odeur un peu acide. Des petites, des grandes (mais pas trop à cause de ma taille), des intelligentes qui avaient tout lu, des incultes qui n'avaient pas dépassé la collection

Harlequin, des franchement idiotes dont le sexe était ce qu'elles avaient de plus profond.

⁂

Mauvais baratineur et conscient de l'indigence de la démarche, je me serai surtout laissé draguer. J'ai eu des aventures flatteuses et des mésaventures sordides. Parfois j'ai payé. À d'autres moments, j'ai vérifié que c'était les femmes qui ne demandaient pas d'argent qui coûtaient le plus cher. Il y eut des grandes amours et des passades sans lendemain. Des liaisons purement physiques et des rapports sentimentaux qui ne débouchaient pas forcément sur le jeu de la bête à deux dos. Mais pas d'amour de groupe. J'avais trop le sens de la propriété pour donner dans l'échangisme et j'étais trop égoïste pour me préoccuper de la sexualité des autres, ayant assez à faire avec la mienne.

J'ai beaucoup parlé avant l'amour, parfois pendant, jamais après. Mais mon meilleur souvenir relève du cinéma muet. La scène se passe durant une nuit d'été, sur une plage du Sud. J'ai vingt ans et je coucherais avec la terre entière. Étendue sur le sable, une beauté blonde – sans doute scandinave – rêvasse. Alors je commets l'impossible, l'inconcevable : je m'allonge à côté d'elle puis, sans un mot, j'étends la main et je la caresse. Dix minutes plus tard, nous faisons l'amour, furieusement, tendrement. Nous sommes restés ensuite longtemps les yeux au ciel, toujours sans dire un mot. Puis elle s'est levée, m'a fait un signe d'amitié et elle est partie. Je ne l'ai jamais revue. J'ignore jusqu'à son prénom. Elle ne m'a pas demandé le mien. Dans ma galerie de tableaux coquins, elle porte l'étiquette de la Vénus ensablée.

⁂

Mon herbier recèle aussi des filles fleurs, des femmes fontaines, plus de dodues que de maigrichonnes, davantage d'expertes que de vierges. Des souvenirs sublimés par l'évanouissement du désir. Le stupre s'est dissipé. Reste l'anecdote, inattendue ou drolatique. N'ayant jamais rien promis que des instants agréables, j'ai parfois honoré mon contrat. J'ai maintenu entre mes compagnes de jeu et moi-même un écart convenable : inexistant dans l'adolescence, plus marqué ensuite lorsqu'on s'avise que le plus important n'est pas l'âge de l'un ou de l'autre partenaire mais l'âge moyen du couple. J'ai peu couru après les petites filles qui, pourtant, commençaient à se laisser rattraper. J'ai terminé mon parcours en découvrant la plénitude des nouvelles quinquagénaires qui ne le cèdent plus en rien à la femme de trente ans décrite par Balzac.

⁂

Au temps où les voitures, plus racées que moi, constituaient un élément primordial de ma séduction, j'ai bénéficié d'un auto-stop par deux sœurs jumelles anglaises. Je les avais chargées Porte d'Italie, je les pris vraiment à Avignon où nous partageâmes le même lit sans que, dans la pénombre, je pus distinguer l'une de l'autre. Mes débauches qui m'ont confirmé qu'en amour la situation était plus excitante que la position englobent également une mère allemande et sa fille[1], unies jusque sous la couette et surtout une grande bourgeoise belge et sa camériste qui, dans les moments les plus intimes, continuait à lui donner du « madame » long comme ce que vous voulez.

Vers la fin, j'étais moins obsédé mais encore assez vaillant. Et sans avoir pris jamais de Viagra. Mon médecin ami m'avait prévenu :

— Tu n'en auras pas besoin parce que tu as un bon état vasculaire.

À quoi ça tient l'amour…

1. Toutes précisions très osées que je ne livre que parce qu'il y a peu de chances qu'elles parviennent à qui que ce soit.

Où Dieu confirme qu'il n'est pas à la disposition du premier venu ni du dernier parti

Et Dieu dans tout ça ? comme disait l'ami Chancel (qui doit approcher du centenaire). Dieu est aux abonnés absents alors qu'on devrait s'asseoir à sa droite (par roulement car il y a du passage), retrouver sa paix. Le désintéressement du Tout-Puissant pour ses Créatures n'est pas une nouveauté. Sans qu'on sache si c'est une marque de mécontentement à l'égard de nos comportements ou un effet du surmenage dû à la création d'autres mondes.

⁂

En tout cas, j'espère que Dieu a adressé un signe amical lorsqu'ils ont rejoint son saint des saints, à Moïse et à Pascal, ses deux principaux attachés de presse. Pour les autres, tous les autres, l'immense menu fretin, je concède que ça ne vaut pas le dérangement. Le plus étonnant, vu le succès des charlatans idéologiques et para-religieux, c'est qu'il ne se soit pas trouvé un futé pour vendre du contact divin. Même unilatéral.

À l'aide d'un répondeur céleste où l'on puisse déposer un souhait, un vœu, une prière. Le fin du fin serait évidemment que Dieu réponde. Fût-ce par l'intervention préenregistrée d'une assistante qui, avec les inflexions calmes des hôtesses d'aéroport, dirait : « Dieu a bien reçu votre message. Il en a pris bonne note. Mais il est un peu débordé en ce moment. N'hésitez pas à le rappeler. » *In fine*, on indiquerait le tarif de la communication dont le produit serait réparti entre les différents cultes et selon le vocatif adressé à l'illustre interlocuteur.

Mieux encore : une bande sonore qui, une fois par jour dans les caveaux, soutiendrait le moral des *de cujus*. Le premier jour, on diffuserait : « Bienvenue dans la partie basse du royaume des Cieux. » Puis « Installez-vous, habituez-vous. Vous avez tout votre temps. » Avant de repasser en boucle la formule de Woody Allen et sur fond de clarinette : « L'éternité c'est long. Surtout vers la fin. » Eh bien non ! Désolé ! Rien n'est conçu pour des sens qu'on croit – sans doute à tort – complètement disparus eux aussi.

N'est-ce pas un comble que la civilisation des loisirs ignore ceux qui en ont désormais tant ? Passe encore pour le sport qui exige un corps en bon état de marche. Mais l'âme n'est-elle pas plus disponible, plus demandeuse lorsque l'effort physique cesse ? Je le dis solennellement avec tout le sérieux que me confère une position dont je commence à me lasser : on néglige un énorme marché.

⁂

J'avais lu avant de mourir (précision inutile car depuis que je vis parmi les têtes de mort, j'ai pris mes distances avec le jus de crâne distillé dans les librairies) que les bouddhistes offraient périodiquement des petits cadeaux à leurs défunts. Là aussi, il y a de l'argent à gagner. Des milliards. Car, une fois institué chez nous ce principe, quelle famille aurait le cœur de refuser l'offrande posthume ? Non plus des fleurs et babioles en métal qui ne servent à rien puisque limités à une surface à laquelle le bénéficiaire n'a plus accès, mais des produits de divertissement glissés par une ouverture spéciale dans la sépulture, sous forme de cassettes, de magazines, de livres et de bonnes bouteilles assurées de vieillir davantage. Certes, je ne suis pas certain que tous les pensionnaires de Montmartre ou du Père-Lachaise s'en montreraient aussi friands que moi mais pourquoi ne pas tenter le coup ? Il y aurait de toute façon à la clé, création d'entreprises. J'imagine : « Les Éditions du Suaire » publient *Fantomas en vacances*, « La société décomposée » présente « Profitez de ce que vous avez encore des dents et des lèvres pour sourire ». Personne n'a prouvé que, quand on ne respire plus, on est dans l'incapacité de rêver.

Où je m'offre le délicat plaisir de revivre mes meilleurs moments

Délivré des processus de la digestion et des ennuis gastriques qui vont avec, j'éprouve encore des renvois de passé. Il s'agit des moments forts, vécus par un être faible. Ces retours en arrière se manifestent sans prévenir. Leur durée est variable. J'en prolongerais bien certains, agréables ou gratifiants, mais je ne les dirige pas plus que, vivant, je ne conduisais les rêves à ma guise.

La chronologie est rarement respectée. Ainsi ma décoration en tête à tête dans le bureau de Jean-Pierre Raffarin, une demi-heure avant qu'il quitte définitivement l'hôtel Matignon, précède-t-elle mon coup de foudre pour la Côte d'Azur, lorsque, âgé de huit ans et débarqué avec mes parents du Train bleu au petit matin, j'avais découvert pêle-mêle sur la Croisette la mer, les palmiers, le sable et la douceur de vivre. Devant nous, s'était arrêtée une limousine noire dont le chauffeur en livrée avait ouvert cérémonieusement la portière tandis que descendait un vieillard fluet et couronné de cheveux blancs. J'avais demandé à mes parents l'identité de ce personnage riche et important. Mon père avait précisé : « C'est Jean Cocteau. » Puis, comme le nom ne me disait rien, il avait ajouté : « Cocteau, le poète. » Du coup, je m'étais imaginé que de trousser des petits vers pouvait apporter la fortune. Je n'ai compris que bien des années après le rôle du mécénat.

⁂

Je viens de me marier. Pour la première et unique fois. La messe n'a pas été trop longue, la réception m'est apparue plutôt réussie. Et personne n'a remarqué que le tour de taille de la promise en robe blanche augurait d'un à-valoir sur la nuit de noces. Ivres d'amour et de liberté, nous filons à l'anglaise dans ma première voiture décapotable, rachetée d'occasion et qui ne se révélera pas une affaire. Mon père me glisse dans la main le plus gros billet de l'époque. Juste de quoi financer un voyage de noces de deux cents kilomètres aller et retour. Orléans ne vaut pas Venise. Mais la ville est moins inondée.

⁂

Comme la plupart des Français ayant la chance d'avoir décroché un emploi, il m'est arrivé de mêler un peu vie privée et vie professionnelle. Le sommet de cette confusion des genres a été atteint, voilà bien longtemps. On était à la veille de l'ouverture du Festival de Cannes ; pour y préluder, mon journal m'avait chargé d'aller interviewer, à son domicile parisien, une charmante actrice d'origine roumaine, princesse dans son pays, adorée par Fellini et membre du jury. Elle me reçoit vêtue d'un déshabillé qui, au moment de poser les questions d'usage, m'embrouille l'esprit. L'entretien dure trois heures, ponctué par des mignardises qui passent peu à peu de la table basse du salon au canapé. Au point que j'ai tout oublié : ma mission journalistique, l'heure qui tourne, ma situation de famille. Au moment de prendre congé, je suggère à la Dame de nous retrouver deux jours plus tard sur la Croisette que je dois rallier le lendemain au volant de ma voiture de sport. Là tout se précipite :

— Et pourquoi ne partirions-nous pas tout de suite ensemble, suggère l'enjôleuse en ajoutant : j'adore rouler de nuit. Si nous sommes fatigués, nous nous arrêterons et nous dormirons quelque part.

Ce dernier argument emporte le morceau. Elle entasse à la diable des vêtements dans un sac de voyage. Je téléphone chez moi pour avertir de l'urgence qui me fait partir plus tôt. Sans bagage. Mais j'achèterai sur place ce qui me sera nécessaire. Après cinq cents kilomètres, escale, comme prévu, dans une hôtellerie de campagne où nous reprenons la conversation commencée à Paris. Durant tout le festival, je suis resté sur un petit nuage. Personne ne connaissait mon flirt avec la Dame et tout le monde se demandait d'où me venaient les informations exclusives que je distillais chaque matin dnas *Le Figaro*. À l'usage de mon « indic », j'avais inscrit en tête de mes articles une mention que j'oubliai de dicter : de notre envoyé spécial sur l'oreiller.

⁂

Me revient aussi le souvenir du jour où je me suis officiellement assis dans le fauteuil de directeur de *France Soir* qui avait été celui de Pierre Lazareff, mon idole. Trois mois d'entretiens et de négociations tête à tête avec Robert Hersant, le propriétaire du titre, ont précédé. Et puis le grand jour arrive enfin.

Dans la plus grande salle de l'immeuble historique qu'occupe encore le journal, rue Réaumur, sont réunis mes adjoints, les rédacteurs en chef et une partie des cent vingt journalistes que compte alors *France Soir*. J'ai préparé un petit discours mais, au dernier moment, je préfère improviser. J'évoque mon enthousiasme pour ce que je considère comme le plus beau métier du monde, ma fierté de diriger une prestigieuse équipe, les innombrables projets qui se bousculent dans ma tête et je révèle ma première décision de caractère strictement interne : désormais, chaque matin, la première réunion de rédaction se transformera en petit déjeuner. Applaudissements nourris.

Je me retire dans mon nouveau bureau. Je m'assois dans le fauteuil sacré. Je regarde le petit vase dans lequel baignent les stylos de Pierrot-les-Bretelles. Puis, comme le torero avant de descendre dans l'arène, je demande qu'on me laisse seul. Et je me mets à pleurer. De joie. Des visages anciens resurgissent : les rédacteurs en chef dont de méchantes langues prédisaient qu'ils seraient un jour plus nombreux que les lecteurs, les grands reporters formés à l'école de Joseph Kessel ou, pour les plus chenus, d'Albert Londres. Plus qu'une entreprise, je vais devoir gérer une légende.

⁂

Une constatation me traverse ce qui me reste d'esprit : tous ces vaillants compagnons sont morts, eux aussi. Je me pose la question : est-ce que lorsqu'on évoque un mort, on le ressuscite un peu ? Est-ce qu'on n'en dérange pas certains ? J'ai tout le temps d'y réfléchir…

Où, regrettant ce qui ne me donnait plus toute satisfaction, je ressens la vieillesse comme une réussite puisque tout le monde n'y parvient pas

Il a fallu que j'attende d'avoir quatre-vingts ans pour admettre que j'étais devenu un vieillard. Jusque-là je minimisais – « Je suis dans le troisième âge » – ou je fanfaronnais en jouant les jeunots : « La preuve que vieillir est une réussite c'est que tout le monde n'y parvient pas. »

Pour garder le moral, je choisissais un presque centenaire du quartier et je calculais mentalement le nombre d'années qu'il me restait à vivre si je l'égalais. C'était encourageant. L'octogénariat m'a fichu un coup de vieux. J'avais l'impression que, dans la rue, tout le monde me regardait d'un autre œil. Pas avec respect mais avec compassion. Dans les transports en commun, des adolescents boutonneux se dandinaient comme s'ils avaient été démangés par l'envie de me céder leur place. Mais comme ils restaient finalement assis, je reprenais confiance.

⁂

Ces quatre-vingts ans, normalement précédés par cinquante, soixante, soixante-dix, je ne les avais pas vus arriver. L'absence prolongée de maladie grave apporte une illusion de jeunesse persistante, voire d'immortalité. Et puis, brutalement, tombe cet anniversaire, que me souhaitent tous ceux que je suspectais de me vouloir du mal. À savoir ? : des confrères plus jeunes qui insistaient lourdement avec l'arrière-pensée à peine déguisée de prendre enfin ma place – que dis-je ? mes places – dès que l'état civil qui me rattrapait m'aurait contraint de décrocher. Des confrères de mon âge qui, depuis vingt ans qu'ils avaient pris leur retraite, me regardaient pour ne pas avoir réglé mon comportement sur le leur, comme un traître générationnel. Sans oublier un vaste excipient composé du grand public, de vagues relations, d'amis perdus de vue, tous écartelés entre la tentation d'applaudir mon courage et l'envie de vitupérer un maintien proche du pathétique.

⁂

Dans la semaine qui suivit une échéance moins fêtée en famille qu'évoquée ailleurs, je me sentis pour la première fois un peu fatigué. Pas cérébralement puisque je continuais à bénéficier d'une belle ivresse intellectuelle. Mais le physique donnait des signes d'usure. Le souffle un peu plus court, la montée des escaliers plus longue, les articulations grippées. Je sollicitais des traitements, m'informais des progrès de la science, prometteurs à l'horizon 2050. Les spécialistes me voyaient venir sans enthousiasme. Rien ne presse, me disaient des gérontologues débordés sans me préciser s'il fallait attendre que je ne puisse plus marcher ou que je n'aie plus besoin de mettre l'un devant l'autre des pieds réunis, comme les mains, pour l'éternité. Ma vue baissait. Un chirurgien m'opéra de la cataracte, me rendant myope pour la première fois de ma vie. Grâce à lui, je découvris à travers un microcosme médical suréquipé et obsédé par le retour sur investissement combien il peut coûter cher de se faire soigner à l'œil. L'audition baissait depuis longtemps, que j'expliquais par la détestable prononciation de mes interlocuteurs. C'est ainsi. Les bruits vous paraissent sourds bien avant que vous reconnaissiez l'être devenu. Un éminent oto-rhino consulté m'avoua qu'au même âge que moi – à deux jours près – il éprouvait les mêmes difficultés. Puis il ajouta dans un grand rire :

— Ça n'est pas désagréable. On entend moins de conneries.

Les cheveux tenaient bon mais la peau se craquelait. Les rotules supportaient moins facilement mes kilos que les dames que j'avais écrasées de mes assiduités. Je me sentais désormais mieux assis que debout et mieux couché qu'assis. Pour ne pas avoir l'air d'avancer à petits pas je privilégiais les petites distances.

Avec des précautions infinies – et nouvelles – pour ne pas rater une marche d'escalier ou glisser sur le carrelage de la salle de bain.

⁂

Quand le capital vital s'amenuise, on découvre les nécessités de l'économie. Mais si l'on ménage ses forces, on continue à dilapider son temps en vaines rencontres et en activités sans intérêt. Alors que la sagesse commanderait d'entamer le compte à rebours des jours restant à vivre en les utilisant au mieux. Il m'est arrivé de croiser des gens qui allaient disparaître dans la semaine et qui s'échinaient encore sur leur grille de Sudoku. Une excuse en forme d'explication : quand on ne va pas à l'essentiel, c'est qu'on a été incapable de le déterminer.

Cependant, j'atteste qu'on peut trouver une certaine plénitude dans un grand âge assumé et garantissant qu'on ne quittera pas la scène sans avoir joué tous les actes de la comédie humaine.

Où j'essaie pathétiquement de me rendre encore intéressant

Heureusement que, depuis quelque temps, la recherche fondamentale piétinait un peu dans le domaine de la médecine et de la chirurgie. Il eût été suprêmement vexant de mourir à la veille du jour où l'on aurait découvert la recette de l'immortalité comme le malheureux Poilu tombé au champ d'honneur le 11 novembre 1918 tandis que retentissait le clairon de l'armistice.

⁂

Heureux et inconscients, les vivants auxquels tout est permis.

⁂

Ma disparition ? Mais je n'ai jamais disparu. Je ne suis même jamais resté aussi longtemps à la même place.

⁂

J'ai surtout pleuré à la mort des autres parce qu'elle me faisait penser à la mienne.

⁂

La conscience qu'il me reste des millions de jours à passer ne change rien à la façon de les occuper.

⁂

L'idée reçue selon laquelle on revoit sa vie au moment de la quitter. Une légende. On manque trop d'oxygène à ce moment-là pour s'offrir le cinéma.

⁂

Mea culpa : j'ai souvent colporté des rumeurs ; parfois, je les ai lancées. Elles s'embarrassaient peu du souci de la vérité. Elles me consolaient de ne pas avoir été romancier.

⁂

J'ai été jeune jusqu'à quatre-vingts ans. Jusqu'à ce que, rattrapé par une fixation idiote sur les chiffres ronds, je passe du statut d'éternel adolescent à celui de vieillard définitif.

⁂

Il faut avancer beaucoup en âge pour se rendre compte que la vie est moins menacée de l'extérieur qu'à l'intérieur.

⁂

Toujours la mort, c'est monotone. Toujours le jour, ce serait harassant.

⁂

J'ai toujours fui les enterrements. Au point de faire le mort pour ne pas assister au mien.

⁂

Qu'est-ce que ça change d'avoir connu l'aisance et la notoriété ? Rien sinon de regretter davantage d'en être privé.

⁂

Je me suis moqué de la grande faucheuse avant qu'elle me rabaisse définitivement mon caquet.

⁂

L'agonie : supplice inéluctable. On a supprimé la guillotine mais pas l'agonie. Au fait, la prière des agonisants interrompt-elle le processus ?

⁂

La mort n'est pas un événement anodin : c'est la date la plus importante d'une biographie.

⁂

« Encore un peu de morphine ? » Comme s'ils offraient une tasse de thé. Tous les gériatres sont des dealers.

⁂

J'avais envisagé de faire graver sur la dalle mon numéro de carte de presse – 13781 – mais ç'aurait fait vieux journaliste.

⁂

Les prothèses rouillent mais tiennent plus longtemps que le corps.

⁂

Pas si égalitaire la mort : chapelle, buste. À l'épaisseur de la dalle se mesure l'importance qu'avait celui qui n'en a plus.

⁂

L'armée des morts se compte comme celle des vivants. Le cimetière Montmartre, combien de divisions ?

⁂

Vivant, j'avais souvent des fourmis dans les jambes. Mort, je n'ai plus de jambe mais les fourmis sont encore là. Ces insectes sociaux me tiennent compagnie, efficaces et silencieux.

Où les figures du passé m'aident à trouver le présent moins long

Cette nuit, des monstres sont venus me tirer par les pieds avant de s'enfuir faute de les avoir trouvés. Des monstres sacrés. Les copains du spectacle : Brialy, Serrault, Yanne, idoles que le trépas n'a pas réussi à déboulonner. Des fantômes plus fugitifs : François André, le petit paysan ardéchois devenu l'empereur des casinos, Gérard Philipe approché dans les coulisses du TNP et qui doit à une disparition prématurée d'être le benjamin de mes morts.

⁂

Et les autres qui m'ont séduit, toisé, bluffé, impressionné, influencé – Pierre Dac, Coluche, Pierre Desproges – parce qu'ils ont laissé des boutades capables de leur survivre durant quelques décennies. Bien sûr, aucun ne traversera les siècles futurs mais une petite postérité ne se refuse pas.

J'ai eu aussi – mais sans doute un autre mois – la visite de la première demoiselle dont je suis tombé amoureux. Elle avait quatre ans de plus que moi – différence énorme quand on est encore un gamin – et était la fille du propriétaire d'un grand café proche de mon lycée. Avec sa taille élancée et sa longue chevelure brune, elle me semblait la plus belle personne du monde. La plus inaccessible aussi. Elle avait un petit copain. J'étais timide et puceau. Aucune chance de transformer en liaison torride une passion platonique. Je me souviens d'un printemps où j'avais été cloué au lit par une grosse angine. Le médecin m'avait enfin permis de sortir et mes pas m'avaient porté tout naturellement vers La Joconde du square d'Anvers. Comme chaque année, à cette époque, les arbres étaient gonflés de sève – moi aussi – l'air était doux et mon cœur en fête car j'avais réussi à l'apercevoir à la fenêtre de sa chambre en train de se maquiller, sans doute pour aller retrouver son coquin. Mais l'amour sans espoir que j'éprouvais se suffisait à lui-même et m'emplissait d'une joie que je n'ai pas toujours retrouvée lorsque, plus tard, j'ai pu concrétiser mes inclinations. Je savais que si son regard s'était posé sur moi lorsque je passais et repassais devant la terrasse de l'établissement paternel, il me traversait sans me voir. J'en avais pris mon parti.

Plus d'un demi-siècle avait passé. Un jour de nostalgie – ou par manque de sujets plus récents – je narrai ces états d'âme au fil d'une chronique où je livrais assez de détails précis pour que l'objet de ma flamme, devenu entre-temps grand-mère, se reconnaisse et m'envoie une jolie lettre où elle confessait à la fois n'avoir jamais fait attention à moi en chair et en os mais s'être sentie émue par mon article. Elle terminait en me tutoyant alors que nous ne nous étions jamais parlé, en me disant qu'elle ne me donnait pas son adresse car elle était vieille et moche et qu'elle tenait à ce que je garde d'elle l'image de ses dix-huit ans.

⁂

Quand les fantômes repartent – sans doute ont-ils d'autres nécropoles à hanter – je me retrouve bien seul. Une constatation saugrenue m'a redonné un peu de moral : sans que la couverture médiatique ait été faramineuse, on s'est davantage étendu sur ma mort que sur ma naissance qui n'avait même pas été signalée en trois lignes dans *Le Figaro*.

Où j'envisage de nouveau l'avenir

La mort m'a délivré de tout sauf de l'angoisse. Pas celle du lendemain, celle du prochain millénaire. Qu'est-ce que les hommes vont encore inventer pour rendre invivable, voire pour faire exploser cette Terre qui, désormais, me recouvre ?

Je connais une autre hantise chaque fois qu'un corbillard s'arrête dans la travée. Et si c'était un membre de ma famille qui me rejoignait ? Certes, ils étaient encore assez jeunes et se portaient tous bien. Mais j'ignore combien de jours se sont écoulés depuis ma descente dans le caveau. Peut-être sont-ils devenus vieux et malades ? J'appréhende également qu'on m'impose la présence éternelle de quelqu'un avec qui je n'avais pas d'atomes crochus. D'une certaine façon, je préfère rester seul. D'abord parce que la compagnie qu'on m'offrirait ne serait pas très causante. Ensuite, parce que cette solitude garantit qu'il n'est rien arrivé de définitif à des êtres qui me furent chers. À moins que, pour des raisons tenant à la décomposition des familles qui précède celle des corps, ils se soient fait inhumer ailleurs ou qu'ils aient cédé à la mode de la crémation. L'intrusion d'une urne, encore chaude, perturberait mon glacial environnement. On a beau être mort, on n'en est pas moins attaché aux traditions, aux coutumes, aux habitudes. On va peut-être me traiter de réac mais je me range parmi ceux qui considèrent que, si l'on peut bouleverser tous les paramètres de la vie, il ne faut rien changer aux rituels de la mort.

Or je vois venir avec consternation le moment où les cimetières étant saturés, on enterrera les défunts en hauteur comme on commence à aménager des jardins potagers et des espaces verts. On ne sera plus à six pieds sous terre mais à quatre-vingts mètres au-dessus. Cherchez le progrès. Une fois de plus, c'est le confort des survivants qui l'emportera sur la quiétude des disparus. Car, inhumés aux différents étages d'une tour (quel sera le plus apprécié, le plus cher : le dernier, où l'on domine la ville, ou plus bas où l'on peut avoir l'illusion de faire encore partie de la communauté urbaine ?), nous retrouverons les soucis de nettoyage des escaliers et d'entretien des ascenseurs qui avaient compliqué notre quotidien.

⁂

Quelle allure auront les obsèques dans cette nouvelle « infrastructure du dernier accueil » comme la baptiseront sans doute les technocrates ? Dans son homélie, le prêtre insistera-t-il sur cette montée vers le ciel apportant quelque azur à son moulin à prières ? Décrira-t-il le dépôt du corps au soixantième étage comme une nécessaire plate-forme avant le paradis, de la même façon qu'au début du troisième millénaire, on nous expliquait qu'il fallait installer une base sur la Lune pour rebondir vers Mars ? Les familles et les croque-morts feront-ils ascension séparée ? Y aura-t-il un ascenseur pour les vivants et un monte-charge pour les morts ? Jettera-t-on des fleurs et des cailloux sur le cercueil ou sur la tête des passants ?

Si mon esprit bat la campagne, n'est-ce pas la preuve qu'il me survit ? Quand, voilà quelques lustres, j'égrenais fadaises et fariboles, mes proches s'inquiétaient. Aujourd'hui, les mêmes divagations me rassurent sur mon état.

Où je fais – mais trop tard – amende honorable

J'ai été un bon mari. Entendez par là que je n'ai jamais divorcé. Pour le reste, c'est une autre affaire : je ne suis pas parvenu à faire rimer amour avec toujours. Mes maîtresses d'adulte m'ont vengé de mes maîtresses d'école. Pour la première fois, je trouvais de l'agrément dans l'exécution de figures imposées. On ne me reprochait plus de mettre mes doigts dans le nez, on m'incitait à les introduire ailleurs. Marin, j'aurais eu une femme dans chaque port. Journaliste, j'ai eu un flirt à chaque reportage. Et comme j'étais très travailleur par monts de Vénus et par vaux… Je ne cherchais pas le grand amour qui vous met la tête à l'envers mais les petites idylles qui vous remettent l'ego à l'endroit. Avec un physique quelconque, un manque total de romantisme et peu d'instants de liberté, j'ai eu une vie sentimentale très normale, c'est-à-dire plus chiche en sentiments qu'en galipettes.

⁂

Déjà, de mon vivant, durant les nuits d'insomnie, j'essayais de « faire le compte ». C'est-à-dire de faire surgir un visage ou un corps qui m'avaient procuré une émotion ou un plaisir. L'addition était difficile, impossible même. Non que je me perdisse dans des détails ou que j'accordasse trop d'importance à un minois mais, comme on dit vulgairement dans les quartiers chauds, il y avait eu du passage. Et pas que des coups de cœur. Je pratiquais la chasse aux filles comme un sport. À ceci près que je ne rapportais pas de trophée, ne battais pas de record et fuyais obstinément les compétitions disputées en groupe. Ainsi, ma pauvre et courageuse épouse s'était-elle habituée au veuvage longtemps avant ma disparition définitive.

Le divorce ne m'a toutefois pas tenté. Je n'avais nulle envie de rompre une association familiale assez satisfaisante puisqu'elle nous avait fabriqué de beaux enfants, de gentils petits-enfants et des maisons confortables. Et puis j'avais tant vu de copains s'engluer dans les mécanismes de la rupture, devenant les clients assidus du maire sinon du curé. Quand ils faisaient leur bilan, ils totalisaient moins de conquêtes que de complications. Je pensais aux enfants à ma manière. Quitte à ce qu'un papa ne soit pas là tous les soirs pour les border, autant qu'il reste marié avec la maman.

⁂

Par la suite, j'ai continué à courir la gueuse. Moins par envie que pour qu'on ne s'inquiète pas autour de moi si je rentrais tous les soirs pour le dîner. Le sexe est soumis, lui aussi, à la force d'inertie. Je courais derrière le mien, parfois épouvanté quand je le rattrapais, par son défaut de discernement, par son manque de goût ; parfois honteux, souvent dégoûté jusqu'à la prochaine fois. Au point de n'avoir jamais avoué mes turpitudes à des amis dont je craignais de perdre l'estime ou à des confesseurs auxquels je ne reconnaissais pas le droit de mettre l'oreille dans mes petites affaires.

⁂

À dix-huit ans, je nourrissais deux ambitions : publier un chef-d'œuvre et mourir jeune. Double échec : j'ai vécu longtemps sans devenir écrivain en dépit d'une pyramide de livres ayant plus encombré les bibliothèques que les mémoires. Lorsque je m'en suis avisé, il était trop tard. J'étais déjà devenu un vieux con honoré et à l'aise. C'est la grande supercherie de notre société d'autocongratulations. À l'aide de petits conforts, elle donne l'impression de la réussite à des gens qui ont tout raté. Ou qui – encore plus grave – auraient pu faire beaucoup mieux. Or, le dépôt de bilan ne se fait qu'après la levée du corps. Tant qu'il y a un petit souffle, il y a encore de l'espoir. L'homme qui n'est pas content de son passé et qui chipote sur le présent se console en tirant des traites sur l'avenir. Ainsi, la République des Lettres est-elle peuplée de vieux écrivains mineurs convaincus de publier incessamment sous peu le chef-d'œuvre qui bouillonne en eux depuis leur adolescence. L'ennui, dans un cas comme le mien, c'est que les carottes sont cuites. Sauf – hypothèse de travail posthume – à ce que mon dictaphone fonctionne, que l'enregistrement sorte du cimetière et que mon éditeur confirme son intention de donner sa chance à un auteur qui, pour lui prouver sa reconnaissance, ne l'assurera pas contractuellement de lui soumettre en priorité son prochain manuscrit.

Où je me souviens d'avoir eu trop de mémoire

Je dois reconnaître que, durant mes dernières années, j'étais devenu un peu gâteux. Non que j'aie perdu le souvenir de choses importantes mais, au contraire, un véritable excès de mémoire me poursuivait à propos d'innombrables futilités. On ne le signale jamais mais l'activisme qui tend à ressasser indéfiniment des épisodes sans intérêt frappe également des millions de seniors dont on loue hypocritement la vivacité alors qu'en réalité, on a envie de leur appliquer un ruban adhésif sur les lèvres. Car, avec les années, ma plus grande qualité s'était transformée en pire défaut : ayant connu tout le monde, on ne pouvait évoquer un contemporain célèbre sans que je tente de placer une anecdote personnalisée, pas toujours signifiante et généralement racontée cent fois.

⁂

Les événements m'inspiraient autant que les hommes. Évoquait-on l'Occupation, le choc pétrolier, le chômage, la précarité, la crise économique, je croyais avoir mon mot à dire, une théorie à développer, un avis péremptoire à émettre. J'étais Monsieur-connaît-tout. Avec, de temps à autre, quelques confusions chronologiques. Ainsi ne savais-je plus si je n'avais fréquenté Louis XIV que dans les livres d'histoire ou si j'étais allé l'interviewer à Versailles. Mes proches en étaient arrivés à hésiter avant de lancer un nom ou une idée dans la conversation : je sautais sur toutes les occasions.

Quand on me refusait la parole, je la prenais de force. Lorsqu'on me la donnait, je ne la rendais plus. Avec un foisonnement de détails – le plus souvent oiseux – dont je ne démêlais plus la part d'authenticité et le pourcentage d'affabulation. J'ambitionnais d'être un témoin de mon temps. C'était réussi. Beaucoup trop. À force de répétitions, d'interventions machinales, je connaissais tellement mes histoires et mes bons mots que je ne m'écoutais plus parler que d'une oreille lasse et distraite. La pratique régulière du rituel de la conférence avait exacerbé cette fuite en avant du présent par le biais de l'évocation systématique du passé. J'avais par-ci par-là quelques retouches à apporter à un portrait, quelques menues révélations à livrer sur certains vivants auxquels j'avais été – d'assez loin – proche. Mais je n'identifiais plus le vrai du faux, l'observé de l'inventé, le virtuel du réel. À force de raffiner dans le détail, j'étais ma première dupe.

Si j'avais joué davantage les prolongations, j'aurais vécu maritalement avec Sarah

Bernhardt, poursuivi mes études dans la classe d'Einstein et travaillé aux côtés du Général comme conseiller spécial. La nature m'a arrêté à temps qui m'a retiré la vie en me sauvant du ridicule. Je pressens d'ailleurs la prochaine émergence d'une génération de conteurs très chenus – pas moins de cent cinquante ans – qui investiront les stations de cure pour bassiner des auditoires du sixième âge avec leurs vieilleries.

⁂

Sans doute Alphonse Allais se trompait-il en affirmant : « Plus on ira et moins de gens auront connu Napoléon. » Il avait oublié les mythomanes.

Où me rejoint, sans le savoir, une vieille et charmante connaissance

Les événements étant rarissimes dans mon univers confiné, je dois marquer d'une pierre banche l'arrivée dans ma travée d'un amour de jeunesse. Son prénom que j'ai entendu murmurer par sa famille est assez peu répandu – Andromaque – pour que je me trompe sur la personne.

Nous nous étions connus à vingt ans. Elle était belle, intelligente, cultivée et faisait aussi bien l'amour que la cuisine. J'en étais fou. Mais pas au point d'abdiquer une liberté que je commençais seulement à découvrir. Elle cherchait un mari. Je ne cherchais pas d'épouse. Nous nous séparâmes assez tristement. J'appris beaucoup plus tard par des amis communs qu'elle n'avait pas fondé un foyer mais plusieurs au gré d'unions successives et, par définition, peu réussies.

Et voici qu'après un long détour, Andromaque venait s'installer tout près de moi ! Comment lui signaler cette proximité émouvante ? Lui faire savoir que si la vie nous a séparés, la mort nous a réunis ? Est-elle à demi consciente, comme moi ? Ou a-t-elle sombré dans le néant ? La situation est sans issue. Je suis privé de la parole. Elle n'entend sans doute plus. Il faudrait un miracle pour qu'elle découvre ma présence. Ou plutôt une série de miracles : que mon éditeur se souvienne de notre projet commun et obtienne l'exhumation de ma cassette. Que le livre soit lu par suffisamment de braves personnes pour qu'il s'en trouve une qui, alertée par le prénom de mon amante et trouvant mon souhait pas trop déraisonnable, s'informe de l'endroit de sa sépulture et s'en vienne crier au-dessus du marbre (le tombeau doit être beau car sa famille nageait dans l'opulence) :

— Andromaque, ton petit copain est à côté de toi, jusqu'à la fin des temps.

Admettons que les choses se passent ainsi. Mais comment sera-t-elle en mesure de répondre si elle n'a pas prévu, comme moi, un dictaphone et signé un contrat avec un éditeur un peu fou. Allez, il faut que je me calme. La campagne que je bats est plutôt désolée.

Où je distribue mon C.V. à toutes fins utiles

S'il manque quelque chose dans les cimetières, c'est bien une petite documentation sur les défunts. Imprimé sur papier glacé et imperméabilisé – à cause de la pluie –, le résumé d'une vie qui s'est arrêtée, disponible dans de petites corbeilles, freinerait peut-être la marche des passants. Ayant lu dans le marbre un nom leur disant vaguement quelque chose, ceux qui souhaitent en savoir davantage liraient le prospectus et la mémoire leur reviendrait.

⁂

Pour faire court, on évoquerait dans ma notice six décennies de journalisme multimédias et une cinquantaine de bouquins dont l'un – *Un oursin dans le caviar* – connut un succès que je n'ai jamais compris en le feuilletant des années plus tard. Nous étions à l'été 1973 et, tout de suite après la parution, j'effectuai une tournée de reportages sur les Français en vacances. En parcourant les plages, je voyais la couverture avec ma bobine sur presque toutes les serviettes de bain. J'étais à la mode. Pour y rester, j'ai dû changer souvent ma plume d'encrier.

On indiquerait également mon incursion au théâtre en reconnaissant honnêtement qu'il s'est davantage agi de découvrir et d'aider le talent des autres que de prouver mon talent personnel. J'ai ainsi mis le pied à l'étrier à une vingtaine de futures grandes vedettes dont certaines, installées au firmament du spectacle, ont eu la bonté de ne pas m'en vouloir de les avoir connues à leurs débuts. Dans la foulée, j'ai même acheté une grande salle de spectacles à Paris qui m'aurait ruiné si je ne l'avais revendue à un ami qui, hélas ! n'a pas fait de meilleures affaires.

On mentionnerait que j'ai tâté aussi du cinéma comme aide dialoguiste puis pour tenir l'emploi de jeune premier dans une production ayant déjà loué ma voiture américaine et qui, la tête d'affiche étant tombée malade la veille du tournage, m'engagea pour de surcroît séduire la jeune première. Le résultat fut atroce : le film ne suscita que quelques centaines d'entrées ; la production fit faillite ; la jeune comédienne qu'on m'avait offerte comme partenaire abandonna le métier, le metteur en scène ne tourna plus jamais et le producteur se donna la mort peu après. Plus tard, je jouais mon propre rôle dans *L'Aile ou la Cuisse*, long métrage qui doit détenir le record des rediffusions à la télé.

Bref, une vingtaine de lignes. Mon périscope me permettrait de scruter les jeux de physionomie des badauds qui les déchiffreraient comme, lors des séances de signature, je ne ratais pas une mimique des acheteurs potentiels en train de lire ma « quatrième de couverture ».

⁂

Puisqu'il s'agit d'activités culturelles ou assimilées, je dois faire, à leur propos, mon mea culpa. Pour aider à la commercialisation de mes petits produits ou plus simplement pour faire parler de moi, j'ai accepté de participer à de pseudo-émissions littéraires dont les présentateurs ne lisaient jamais un livre, d'enfiler un smoking avant d'aller dans un studio de proche banlieue faire tourner des serviettes, de prendre un air pénétré pour répondre à des questions idiotes, bref de jouer un jeu déshonorant dont je n'étais pas dupe mais complice.

Au moins, cette fois, resterai-je digne, c'est-à-dire invisible et silencieux.

Où j'essaie d'en finir avec ce qui ne se terminera jamais

Avant d'entreprendre le grand voyage dont, touriste béotien et inorganisé, j'avais admis le principe sans connaître la date ni le parcours, j'ai essayé de me renseigner. J'ai dévoré force ouvrages dont le défaut majeur était d'avoir été écrits par des vivants. Et, en l'absence de témoignage « vécu », d'avoir mis à côté de la dalle. Des théologiens qui dissertaient gravement des gares d'arrivée à l'enseigne de l'enfer et du paradis puis de l'apparition au Moyen Âge d'une gare de triage baptisée purgatoire, jusqu'aux confessions des rescapés provisoires affirmant avoir perçu à la sortie d'un long tunnel une vive lumière et ressenti une grande joie. Or, je puis aujourd'hui vous affirmer, avec le crédit de quelqu'un qui y est allé voir, que je ne me suis senti passer que de la douleur à l'obscurité. Pas de quoi pavoiser. Il devait y avoir une panne de courant ce jour-là.

Au dernier moment, je n'ai vu que l'interne de service faire signe que tout était fini. Autre déception : en dépit de ce que d'autres auteurs m'avaient laissé espérer, les anges n'ont pas chanté pour m'accueillir. Il y aurait bien eu quelques chœurs – mais très humains – si je l'avais souhaité et si la famille avait cassé sa tirelire pour m'offrir un concert dont elle savait que je ne profiterais pas.

⁂

Autant dire que tout ce qui avait été publié jusqu'à présent relevait de la supputation, de l'hypothèse d'école, du constat légiste ou de l'escroquerie métaphysique. Certes, je n'ai pu établir, depuis mon arrivée ici, aucun contact avec d'autres défunts mais il n'y a pas de raison, alors que je ne touchais pas de subvention ni d'aide avant de disparaître, que j'aie bénéficié ensuite d'un traitement de faveur.

Je sais avec certitude – et j'espère vous en avoir convaincu – que si la mort existe, elle ne ressemble pas aux descriptions que les non-témoins en ont faites. Elle est moins physiologique que sociale. D'abord parce que, pour des raisons financières et sans doute à l'instigation des caisses de retraite, on se garde bien d'excessives prolongations. Ensuite, parce qu'on se dépêche de se débarrasser d'un défunt comme de ce qui encombre, de ce qui inquiète, de ce qui donne mauvaise conscience.

Enfin parce que le pire ennemi du trépassé n'est pas le ver ni le rat mais l'indifférence dans laquelle il plonge peu à peu, certains très vite pour les anonymes, d'autres très lentement pour les célébrités encore que, pour l'instant, la postérité mesurable n'aille que du cousin néandertalien à Paris Hilton.

⁂

J'espère ne pas vous avoir attristé avec mes petits problèmes. Sachez que, vous aussi, si vous prenez vos précautions – périscope, dictaphone, pose d'une poignée intérieure et aménagement d'une sortie de secours en cas de velléité d'escapade – et si vous avez assez de volonté pour rassembler ce qui vous reste d'esprit quelques minutes par jour, vous aurez encore un semblant de vie.

Mes derniers mots seront pour remercier les préposés qui auront récupéré la bande sonore, assuré sa transcription, écouté des propos sortis du néant et pour avertir mon éditeur que, nonobstant la nécessaire promotion de mon bouquin, je n'accepterai aucune séance de signature.

⁂

En fait, c'est seulement maintenant, en me taisant, que je vais vraiment mourir. C'est court une vie. C'est long la mort…

Table des matières

9440

Composition
FACOMPO

Achevé d'imprimer en France (Malesherbes)
par MAURY-IMPRIMEUR
le 5 décembre 2010.

Dépôt légal décembre 2010.
EAN 9782290026939

ÉDITIONS J'AI LU
87, quai Panhard-et-Levassor, 75013 Paris

Diffusion France et étranger : Flammarion